中国散文 60 强

完美的假定

韩少功 / 著

北京联合出版公司
Beijing United Publishing Co.,Ltd.

图书在版编目（CIP）数据

完美的假定 / 韩少功著. -- 北京 ：北京联合出版
公司，2024. 8. --（中国散文60强）. -- ISBN 978-7
-5596-7828-7

Ⅰ. I267

中国国家版本馆CIP数据核字第2024DX1328号

完美的假定

作　　者：韩少功
出 品 人：赵红仕
出版监制：张晓冬
责任编辑：牛炜征
特约编辑：和庚方　张　颖
封面设计：立丰天

北京联合出版公司出版
（北京市西城区德外大街83号楼9层　100088）
三河市同力彩印有限公司印刷　　新华书店经销
字数150千字　650毫米×920毫米　1/16　14印张
2024年8月第1版　2024年8月第1次印刷
ISBN 978-7-5596-7828-7
定价：65.00元

"中国散文 60 强"丛书

编委会

丛书总策划

张　明　　著名出版人

编委主任

邱华栋　　全国政协常委

中国作家协会副主席、书记处书记

编　委

叶　梅　　中国散文学会会长

陆春祥　　中国散文学会副会长

冯秋子　　中国作家协会原社联部副主任

吴佳骏　　《红岩》编辑部主任

张　英　　资深媒体人

文　欢　　作家、资深编辑

中华散文的文脉与发展

——"中国散文 60 强"总序

邱华栋

中国是诗的国度，亦是散文的国度。

穿越千年时空，从明清至唐宋，再由魏晋南北朝至两汉先秦一路回溯，汉语言文学中的散文实乃根深叶茂，硕果累累。无论是"唐宋八大家"之雄文美文，还是骈俪多姿的辞赋，以及名垂史册的《史记》《左传》，均为中国文学史上的璀璨明珠。"散文"与"诗"一道，成为中国文学的"嫡系"。尽管，后来从西方引进嫁接技术所催生的"小说"，大有"喧宾夺主"之势，终究还得"认祖归宗"，血脉和基因是无法改变的。

在中国散文流变历程中，曾出现过两次鼎盛期。一次是被文学史家所公认的"先秦散文"时期。其时，伴随着春秋时期的思想解放，诸子蜂起，百家争鸣，一大批散文家以饱满的气血、驳杂的学识和破茧的精神，创造出了散文的繁荣和辉煌局面，对后世产生了极大的影响。

到了"五四"时期，中国散文迎来了第二次鼎盛期。白话文如劲风激浪，吹刮和涤荡着神州大地。沉睡的雄狮醒来了，偃卧的小草开始歌唱。许多学贯中西的进步文人，肩扛文化变革的大纛，冲锋陷阵，掀起了一波又一波的新文学浪潮。《新青年》上刊载的散文，犹如一束束亮光，不但给人以希望，还给人以力量。"五四"以来的散文作品，无论是观念和主题，还是形式和风格，都跟以往的散文迥然不同。最具代表性的，当属鲁迅先生的散文（包括杂文），其刚健、凌厉的文质，疗救了中国散文长久以来颓靡不振、钙质疏流的顽疾。此外，周作人、郁达夫、朱自清、萧红、沈从文等一大批作家的散文创作亦各具特色，呈一时之盛，影响深远。

时代的前行催生了文学的发展，然而文学与时代有时并不同步甚至充满了"张力场"。"五四"的个性解放虽然催生了一批个性鲜明的散文精品，但这样的生态并未持续多久，中国散文的波峰出现了向低谷滑行的趋势。有论者指出，"散文在 50 年代既是对解放区散文文体意识的放大，又是对五四散文文体精神的进一步偏离。这种放大和偏离表现在个体性情的抒发让位于时代共性或者时代精神的谱写，政治标准优先于艺术标准，批判性为歌颂性所取代等诸方面。"（董健、丁帆、王彬彬《中国当代文学史新稿》）1960 年代初，散文创作一度出现了活跃，"专业"从事散文创作的作家群凸显出来，刘白羽、杨朔、秦牧相继登场，迅速成为散文界的三位名家。但他们的作品后人评价褒贬不一，认为其中颂歌式的写法较为单向，这种模式化的写作，不但对散文的建设毫无益处，反而扼杀了散文的个性和神采。

"文革"十年，中国散文更是一片凋零和荒芜，乏善可陈。1970 年代末，一些历经浩劫的作家开始复血，解除思想枷锁，重新拿起笔来写作，中国散文才又凤凰涅槃，焕发生机。加之各种文学刊物纷纷复刊和创刊，以及大量西方文化读物的译介出版，更为这些饥渴、桎梏太久的散文作者提供了登台亮相的舞台和瞭望世界的窗口。

1980 年代初期，伴随改革开放的热潮，思想解放大旗招展，文化随之繁荣，诸多承续"五四"精神的作家以笔为旗，抒发胸中压抑既久之块垒，出现了一批抒情性质浓郁的散文，使得现代散文这块"百花园"芳菲争艳，蔚为大观。特别是 1980 年代中期，随着作家主体意识的不断强化，中国文学开始呈现出一个崭新局面，作家从"集体意识"中抽身而出，重新返回"个体"，注重对生活的体察和内在情感的表达。这一时期，散文的艺术性得以强化，文本的精神内涵和表现空间得以拓展。

进入 1990 年代，社会发展日新月异，城镇化进程锐不可当，文化领域亦呈多元格局。各种文学思潮相互碰撞，人文精神的讨论更是打开了作家们的创作思路。"大散文"概念的提出，引发了散文界对散文的内涵和外延的重新讨论和界定。风靡一时的"文化散文"热，成为文坛上一道靓丽的风景。"新散文""原散文""后散文""在场散文"等散文流派"你方唱罢我登场"，争奇斗艳，各领风骚。

及至二十世纪末，一批深具先锋意识和文体自觉的新锐作家，像一头公牛闯入瓷器店，使散文天地发生了激烈的碰撞和变化，形成一股新的散文潮流，提升了散文的审美品质和精神向度。

纵观 1978 年至 2023 年四十多年来，中华大地在"改开"的黄金时代中，社会生活奔涌激荡，各种思潮风起云涌，散文创作更是云蒸霞蔚、气象万千，涌现了众多成就斐然、风格各异的散文作家和具有思想深度、艺术上乘的散文作品。岁月的流水冲走了枯枝败叶和闲花野草，中流砥柱却巍然屹立。时间留住了新时代的散文经典，经典在时间的长河中绽放光芒。以沙里淘金的经典散文向"改开"的时代致敬，是我们不可推卸的责任和义务。

别看散文的门槛貌似很低，要真正写好，却实属不易。优质散文是有难度的写作，它不但需要作者的智识、胸襟、眼界、修养和气度格局；更需要写作者的态度、立场、慈悲、良知和批判勇气。遗憾的是，散文创作繁荣和光鲜的另一面，却是大量平庸甚至低劣之作的泛滥，不但败坏了读者的胃口，而且造成了物质和精神的极大浪费。散文作家层出不穷，散文作品汗牛充栋，可真正能让人记住的散文佳构却凤毛麟角。

散文要发展，文学要前行。发展和前行就要从平庸的樊篱中突围。在突围的过程中，散文作家不可太"聪明"，不可太世故，要永存对文学的敬畏之心。一言以蔽之，散文的尊严来自散文作家的尊严。也可以说，要想散文繁荣，首先需要有一批人格健全，品德高尚，铁肩担道义的散文作家。什么样的人写什么样的文章。特别是写散文，最容易看出一个作家的内在品质和境界涵养。一个人格不健全的人，哪怕他作文的技法再高妙，也很难写出撼人心魄、抚慰灵魂的散文来。作家精神品质的高低，直接决定其作品的精神向度。

为了散文写作的突围和发展，为了建设独具特质的当代散文，也是为了更好地从经典散文中汲取营养，我认为有必要正视和重申一些常识性的思考。高头讲章的理论是灰色的，常识之树却蓊蔚常青。

一、作家的个体精神决定散文的优劣。常言道，散文易学而难攻。难在什么地方，不是难在技巧，而是难在作家个体精神的淬炼上。倘若作家的个体精神不够丰富，不够深刻，不够清澈，纵使他手里握着一支生花妙笔，也写不出令人称赞的散文。那么，如何才能做到个体精神的丰富性呢，这就要求作家时时刻刻不背离生活，要知人情冷暖，体察人间百态，关心民瘼，有忧患意识，不要做生存的旁观者。一个冷漠甚至冷酷的人，是不适合从事散文创作的。

二、真诚是确保散文品质的基石。散文创作跟作家的生存经验息息相关，可以说，真正优质的散文，无不牵连着作家的血肉和心性。作家的喜怒哀乐，悲欢离合，都或隐或显地暗含在他的作品中。假如在一篇散文作品中，读者既看不到作者的体温，又看不到作者的态度，那这篇作品或许就是失败的。说明这个作者在他的作品中"说谎"或"造假"，缺乏真诚之心。作家一旦失去真诚，为文必定矫揉造作，作品也必定会失去生命力。因此，真诚是散文的"生命线"，也是"底线"。

三、个性是促进散文生长的养料。人无个性便无趣，文无个性便平质。当下，每年都会诞生数以万计的散文篇章，但能够让人记住，且读后还想读的作品并不多，何故？概在于这些数量庞大的散文，无论题材，还是语感都千篇一律，像是从"模具"中生产出来的，缺乏辨识度。散文要发展，必须要求作家具有"个性意识"。"个性意识"不是标新立异，更不是哗众取宠，而是一种"创新意识"和"审美意识"。但凡在散文创作方面被公认的那些大家，都是"文体家"，他们以自觉的写作实践，开创了散文写作的新路径。不合流俗方能独步致远，推动散文的建设和繁荣。

当然，以上几点并非创作散文的圭臬，谁也没有资格去为散文"立法"。

散文是自由的创造，散文精神即自由精神。我之所以提出来，仅仅是希望引起散文同行们的重视和参考，共同为中国当代散文的发展尽力增光。

我们策划、编选"中国散文 60 强"（1978—2023）的初衷，旨在对新时期以来的中国散文创作作出梳理、评价和选择，试图精选出风格各异的代表性散文作家，以每位一部单行本的形式，呈现出中国新时期优质散文的大体样貌。此项目的发起人为资深出版人张明先生。多年来，他一直追求做高品位的纯文学书籍，也曾连续多年与中国散文学会、中国小说学会合作，出版年度《中国散文排行榜》和年度《中国小说排行榜》。2023 年他策划出版了《中国小说100 强》，反响不俗。身处喧嚣、纷杂的环境，能以如此情怀和心力来为文学做如此浩大的工程，不能不令人钦佩！

感谢张明先生邀请我和叶梅、冯秋子、陆春祥、吴佳骏、张英、文欢组成编委会，共同遴选出 60 位作家。我们在召开筹备会的时候，即将作品的思想性、艺术性、代表性以及影响力作为编选的基本原则。在确定入选作家名单时，我们认真商讨，反复研究，生怕因为各自的眼力、审美和趣味之别，造成遗珠之憾。好在我们的工作得到了作家们的积极回应和鼎力支持，惠风和畅，大地丰饶。

60 位入选的作家，既有令人尊敬的文学大家，如孙犁、张中行、汪曾祺、史铁生、邵燕祥、流沙河、刘烨园、宗璞、贾平凹、韩少功、张炜、梁晓声、阿来、冯骥才等。这批散文大家的作品，文风质朴、清朗、刚健，充满了"智性"和"诗性"。无论他们是写怀人之作，还是针砭时弊，歌咏风物，都有着鲜明的文化立场和审美取向。他们或出入历史，借古观今；或提炼人生，洞明世事，输送给读者的都是难能可贵的"精神营养"。

也有被散文界公认的名家，如李敬泽、王充闾、马丽华、周涛、冯秋子、叶梅、筱敏、张锐锋、周晓枫、于坚、鲍尔吉·原野等。这些作家的散文作品，特色鲜明，风格独特，诚挚内敛，从内容到形式，都作出了各自的探索和尝试，为当代散文注入了活力。从他们的作品中，我们不但能够领略汉语之美，更可以借此反观生活与存在，寻找人之为人的价值和尊严。

还有散文界的中坚力量和青年才俊，如彭程、谢宗玉、江子、雷平阳、任林举、塞壬、沈念、傅菲、吴佳骏、周华诚等。从他们的作品中，我们见到的，不只是中国散文的文脉传承，更是自由精神的张扬。他们文心雅正，笔力锋锐，不跟风，不盲从，始终保持着独立的思索和判断，在各自所开辟的散文园地中精耕细作，以崭新的姿态参与和推动当代散文的变革。

其实，细心的读者不难发现，入选本丛书的老、中、青三代作家都有个共性，即他们均在以自己的作品审视心灵，心系苍生，弘扬真善美，鞭挞假恶丑，充满了正义感和人道主义精神。这自然与时下众多书写风花雪月，一己悲欢，充塞小情趣、小可爱的散文区别开来。正是因为有他们的存在，中国当代散文才呈现出一幅绚丽多姿的长卷。

需要说明的是，有些重要的散文家，如张承志、余秋雨、王小波、苇岸、刘亮程、李娟等人，由于版权或其他不可抗原因，未能将他们的作品收录进来，我们深以为憾。

我们还要感谢北京立丰天文化传播有限公司的资金支持，感谢北京联合出版公司的精心编校，他们慷慨和无私的义举，对于繁荣中国当代散文创作、对于赓续中华优秀散文文脉、对于中国新时期的文化积累，均具重大价值和意义，可谓善莫大焉。这套丛书的出版意义将同《中国小说100强》一样，旨在给读者以经典的指引，这既是一项重要的原创文学工程，同时也是助力推动全民阅读和研究传播文化的公益工程。

郁郁乎文哉，中国散文有幸！

是为序。

2024 年 5 月 12 日星期日

（作者为全国政协常委，中国作协副主席、书记处书记）

目 录
Contents

叙 事

议 论

叙　事

漫长的假期

我偶尔去某大学讲课，有一次顺便调查学生读书的情况。我的问题是这样：谁读过三本以上的法国文学？这时约四分之一的学生举手。谁读过《红楼梦》？这时约五分之一的学生举手。然后，我降低门槛，把调查内容改成《红楼梦》的电视剧，这时举手多一些了，但仍只是略过半数。

这是一群文学研究生，将要成为硕士或博士的。他们很诚实，也毫不缺乏聪明。我相信未举手者已做过上百道关于《红楼梦》或法国文学的试题，并且一路斩获高分——否则他们就不可能坐在这里。

问题在于，那些试题就是他们的文学？读书怎么成了这么难的事？或者事情别有原因：是什么剥夺了他们广泛阅读的自由？

我不想拍孩子们的马屁，很坦白地告诉他们：即使在三十年前，让很多中学生说出十本俄国文学、十本法国文学、十本美国文学，都不是怎么困难的。我这一说法显然让他们惊诧了，怀疑了，困惑了，一双双眼睛瞪得很大。三十年前？天哪，那不正是文化的禁锁和荒芜时期？不正是"文革"的十年浩劫？……有人露出一丝讪笑，那意思是：老师你别忽悠我们啦。

没错，是禁锁是荒芜甚至是浩劫，从当时大批青年失学来看的确如此，从当时官方政策主体来看的确如此。但你们注意了：一具病体并非尸体，仍有不绝的生力，包括生力的逐步恢复和增强。"文革"不过是一场大病来袭，但如同历史上中国和欧洲的诸多低落期，它并不曾冷却民众的精神之血，无法遏制新文化的萌发、繁殖、积聚、壮大以及爆发，直至制度层面的变革。这才是历史真切而生动的过程。我们曾用这种眼光注意过很多复杂局面，包括宗教法庭与科学的共存，帝国专制与启蒙的共存，为什么独独乐意给中国现代史随便贴一枚标签？是什么人最习惯和最惬意地使用着这一类标签？

中国谚语：知其一，还要知其二。

偷书

我当年就读的中学，有一中型的图书馆。我那时不大会看书，只是常常利用午休时间去那里翻翻杂志。《世界知识》上有很多好看的彩色照片。一种航空杂志也曾让我浮想联翩。

"文革"开始，这个图书馆照例关闭，因受到媒体批判的"毒草"越来越多，图书馆疲于清理和下架，只好一关了之。类似的情况是，城里各大书店也立刻空空荡荡，除了马克思、列宁、毛泽东一类红色圣经，除了少许充当学习资料的社论选编，其他书籍几近消失。间或有一点例外，比方我买过一本关于海南岛青年创业的小说，但总是读不进去，一时不知是何原因。

一九六七年秋，停课仍在继续，漫长的假期似无尽头。但收枪令已下达，革命略有降温，校图书馆立刻出现了偷盗大案：一个墙洞骇然触目。管理图书的老师慌了，与红卫兵组织紧急商议，设法把藏书转移至易于保护的初中部教学楼顶层，再加上铁栅钢门，以免毒草再次外泄。不过外寇易御家贼难防，很多红卫兵在搬书时左翻右看，已有些神色诡异，互相之间挤眉弄眼。后来我到学校去，又发现他们话题日渐陌生，关于列宾的画，关于舒伯特的音乐，关于什么什么小说……这是怎么回事？你们在说些什么？

如果你是外人，肯定会遭遇支吾搪塞，被满脸坏笑的他们瞒过去。好在我算是自家人，有权分享共同的快乐。在多番警告并确认我不会泄密或叛变之后，他们终于把我引向"胡志明小道"——他们秘密开拓的一条贼道。我们开锁后进入大楼某间教室，用桌椅搭成阶梯，拿出对付双杠的技能，憋气缩腹，引身向上，便进入了天花板上面的黑暗。我们借瓦缝里透出的微光，步步踩住横梁，以免自己一时失足踩透天花板，扑通一声栽下楼去。在估计越过铁栅钢门之后，我们就进入临时书库的上方了，就可以看见一洞口：往下一探头，哇，茫茫书海，凝固着五颜六色的书浪。

这时候往下一跳即可。书籍垒至半墙高，足以成为柔软的落地保护装置。

我们头顶着蛛网或积尘，在书浪里走得东倒西歪，每一脚都可能踩着经典和大师。我们在这里坐着读，跪着读，躺着读，趴着读，睡一会儿再读，聊一会儿再读，打几个滚再读，甚至读得头晕，读出傻笑和无端的叫骂。有时尿急，懒人为了省下一趟攀爬，解开裤子就在墙角无聊，不知给哪些杰作留下了污迹。

我说过，作为初中生，我读书毫无品位，有时掘一书坑不过是为了找一本《十万个为什么》。青春寄语，趣味数学，晶体管收音机，抗日游击队故事，顶多再加上一本青年必读的《卓娅与舒拉》，基本上构成了我的阅读和收藏，因此我每次用书包带出的书，总是受到某些大同学取笑。我并不知道他们笑什么。当然，多年以后我读到海明威的《再见了武器》、雨果的《九三年》以及泰戈尔的《飞鸟集》，觉得有些眼熟，才依稀想起初中部大楼的暗道——只是当时不知自己读了什么，对书名和作者也从无用心。

一个没有考试、没有课程规限、没有任何费用成本的阅读自由不期而至，以至当时每个学生寝室里都有成堆禁书。你从这些书的馆藏印章不难辨出，他们越干越猖狂，越干越熟练，窃书的目标渐渐明晰，窃书的范围正逐步扩展，已经祸及一墙之隔的省社会科学院图书馆，距此不算太远的省医学院图书馆等。多年以后，我一位姓贺的同学积习不改，甚至带着一把铁钳和两个麻袋，闯入省城最大图书馆的禁区，在那里窃取了据说价值上万美元的进口画册——他当时正在自修美术。他的行为败露，被警方以盗窃罪起诉，获刑一年，监外执行。

比较有意思的是，他走出法庭的时候，一位老法官对他竟笑眯眯的，私下里感叹：我那儿子要是像你这样爱书，我也就放心了呵！

老法官的私语其实是另一种宣判，隐秘的民意宣判。

这就是说，哪怕在大批知识分子沦为惊弓之鸟的时代，知识仍被很多人暗暗地惦记和尊敬，一个偷书贼的服刑其实不无光荣。

这与后来的情况很不一样。贺某多年后肯定遇到过这种场景：书店里已经五光十色应有尽有了，各种有关理财、厚黑、权势、时装、色欲、命相的烂书铺天盖地持续热销，而他当年渴求的经典反而门前冷落。如果他对这种情况大为奇怪，如果他还把经典太当回事（爷们当年就是为这个坐的牢），还很可能被当今的购书者们白眼：神经病吧？吃错了药吧？

抢书

抄家之风激荡于一九六六年夏。最早的元老级红卫兵身穿黄军装，佩戴红袖章，有的还挥舞着凶狠的皮带，一旦在街上呼啸而过，总是吓得路人胆战心惊。他们冲进一些涉嫌敌对者的住宅，一般未抄出什么反革命罪证，只是抄走手表、字画、皮大衣之类奢侈品。把大批"毒草"书刊当众焚烧，常常是他们抄家之后的革命宣示和祝捷庆典。

到第二年，该打击的敌人都打击了，抄家所闻不多。即便要抄家，大多发生在对立群众派别之间，带有一种派争泄愤的性质了。我也参加过这种恶行。一次是夜里去另一所中学，刚摸黑上楼，就听到有泼水声。不过那不是水，片刻之后就有人惨叫"盐酸！盐酸！我要破相啦——"，吓得大家从楼道一拥而下，手忙脚乱地狂找水龙头，为这位同学清洗脸上和衣领里的可怕液体。接下来，楼下楼上对骂，还有扔手榴弹一类威胁，但最终不了了之。

另一次抄家也不太顺。目标是两个本校老师，因为他们不但戴着资产阶级的眼镜片，而且胆敢支持我们的对立派学生，成立一"黑鬼战团"前来叫阵，是可忍孰不可忍，须严厉打击。不过，这两位老师家贫如洗，简陋平房里的煤炉子和锅碗瓢盆实在引不起我们的兴趣。两位师母又哭又闹的，其中一位说倒地就倒地，抢着砖块要自残，吓得我们只能草草收场。

我们仅仅抄走了一些书。唐诗宋词三国红楼什么的很快被大同学瓜分，留给我一本黑格尔的《小逻辑》，让我如读天书，大为扫兴。不过战利品中有一大叠草稿，包括童话、游记、英文诗歌、自传小说——

大概这些都经过作者的自我审查，看上去不犯忌，才被保存下来。这算是我第一次看到手迹本文学，不免十分好奇，一扎进去就读了三四天。后来，几位同学把这位作者抓来再审，要他老实交代自己的历史污点，其实是把他的小说读得不过瘾，想更多知道日美太平洋战争的真相。这作者是位南洋华侨，当过美军翻译，一见我们的模样就知道挠到哪里是痒处。虽然他也用了"万恶的美帝国主义"一类词语，但履历交代简直就是开故事会，一章接一章绘声绘色，让他自己好好地陶醉了一把往事。说到美军的巧克力和牛肉罐头，还馋得我们吞口水。

"你们连枪都不会擦还拿什么打仗？不是胡闹吗？"说得兴起，他抱臂耸肩，好像成了我们的教官。

我们也忘记了生气，忘记了拍桌子。

没有想到的是，螳螂扑蝉黄雀在后，就在这事发生后不久，我自己的家也被抄了，气得老妈又哭又骂的。抄家者是我哥学校里的对立派，意在对我哥施以惩罚。两颗手榴弹由我窝藏，现在成为我哥对抗交枪令的罪证，有关"油炸""火烧"的大标语刷在最热闹的街市。这其实还只是小损失。最可恶的是他们抄走了我的篮球和书——都是这一段时间我精心挑选私留的几十件精品。其中包括鲁迅、巴金、叶圣陶、高尔基、莫泊桑、海明威、托尔斯泰的小说，还有《革命烈士诗抄》和《红旗飘飘》文丛等红色读物。我去街上看过大字报，发现那些欢呼胜利的抄家者根本不提这些书，一定是暗中私分了。

可耻呀可耻！我简直欲哭无泪。

多少年后，我哥与他的对立派早已和解，有次老同学来家聚会让我撞上了。其中有些人认识我，笑着向我打招呼。我本应该对这些大哥大姐表现出礼貌，但一想到他们中间某些人曾夺我所爱，气就不打一处来，终于拉长一张脸扬长而去。我估计他们肯定忘记那件事，肯定觉得我的无礼十分奇怪。

换书

那时中国大陆人都穷，学生们尤其囊中羞涩，习惯于打补丁的衣服，习惯于用推剪互相理发和收集些废瓶子卖钱。虽处无政府状态，学校食堂服务却大体如常。"豆腐脑，萝卜干，吃得眼睛往上翻"——这就是大家敲打饭盆排队时的欢呼，是对幸福的回忆和向往。

尽管穷，时尚却并不缺乏，与时尚相关的商品交易也十分活跃，只是这种交易大多采取物物相易的方式，不经过现金的环节。比如毛主席像章一时走红，各种新款像章必受追捧，那么一个瓷质大像章，可换五六个铝质小像章。一个碗口大的合金钢像章，可换三四个瓷质像章或竹质像章。过了一段，像章热减退，男生对军品更有兴趣，于是一顶八成新军帽可换十几个像章，一件带四个口袋的军衣可换两三本邮票集。再过一段，上海产的回力牌球鞋成了时尚新宠，尤其是白色回力几成极品，至少能换一台三极管收音机外加军裤一条，或者是换双面胶乒乓球拍一对再加高射机枪弹壳若干。

黑市交换很复杂，价值权衡全凭感觉和谈判，所以一旦读书潮暗涌，图书也可入场交换，比如一套《水浒传》可换十个像章或者一条军皮带。俄国油画精品集或舒伯特小提琴练习曲的价位更高，手里只捏着子弹壳或像章的人根本不敢问津。有一次，高二某同学徐某不知从哪里弄来一本《赫鲁晓夫主义》，作者据我后来回想也算不上什么名角。书的内容无非是揭示了一些苏共内幕，包括列宁与斯大林的吵架，贝利亚的残酷和阴狠，朱可夫元帅对赫鲁晓夫的勤王之功，还有"匈牙利事件"中纳吉的两头受气……但这一切在当时也属异端，属稀缺信息，足以让中学生读得眼睛大睁呼吸急促。好几天，它成了大家热议的话题，更成了频频换手的接力棒——好多人都等着这本秘籍。

我运气非常不好。秘籍刚传到手上，还没读完就不翼而飞，不知是哪个王八蛋暗下手脚，说不定拿它去换回力牌了。这当然是我的重大失误。书的主人急得差点要撞墙，几乎每天都用惨白的脸堵住我，痛苦得把脑袋摇来摇去：求求你，你得去找找呵。我是从军区一个朋友那里借的，搞不好要出人命的啊。

我到哪里去找？把自己卖了也赔不出吧？

我提出赔他一本巴金的《家》，他不要；赔他《安徒生童话集》，他也不要；赔三大本邮票，他还是不要。百般无奈之下，我只好把一只手表戴在他手上，暂时安抚他痛苦的心。

这只旧手表算是我最大的资本，来自另一位同学——当时他看中我的收音机，说什么也要强买强卖。我自知不是个称职的"换客"，也许这生意做下去，七换八换之后就会赤条条走人，那么让同学暂时保管资本，也许不失为安全之策。直到毕业下乡前夕，手表保管者因病得以留城，看到大家要远行下乡，抱着这个那个哭得眼泪哗哗。我心一酸，也哇哇哭起来，一激动就宣布以手表相赠。他当然吃了一惊，说了些表示惊讶、表示推让、表示万万不可的话，但我不想欠下人情——再说，身外之物岂能与崇高的江湖义气相比？一块手表对于我这个农民来说又有何用？

虽然事后略有后悔，但我那一刻确实很壮烈。

下乡后，收到秘籍主人几次热情的来信。大概觉得这笔交易令人不安，他捎来一双新军鞋，算是聊作弥补。

说书

我插队在一公社茶场。这里有一百多号知青，一百多号本地农民，分三个工区六个队，负责近六千多亩茶园和少许稻田。在地上劳动的时候，尤其聚在树下或坡下工休的时候，聊天就是解闷的主要方法。农民把讲故事称为"讲白话"，一旦喝过了茶，抽燃了旱烟，就会叫嚷：来点白话吧，来点白话吧。

农民讲的多是乡村戏曲里的故事，还有各种不知来处的传说，包括下流笑话。等他们歇嘴了，知青也会应邀出场，比方我就讲过日本著名女间谍川岛芳子的故事，是从我哥那里听来的，颇受大家欢迎。

黄某不是我的同学，是他留城的姐姐托付给同学带下乡的。他个头小，平时不大言语，只喜欢拉拉小提琴，不过肚子里还真有料，话匣子一打开都是我们闻所未闻之事。鲁仲连义不帝秦，信陵君窃符救赵，孟尝君受教冯谖，当然还少不了吕不韦阳具奇伟和宣太后私通大臣之类黄料……我多年以后才知道，这些大多来自《战国策》和《史记》，不知黄某什么时候读在眼里，记在心头。

易某最喜欢讲战争史，每讲到将领必强调军衔，每讲到武器必注明型号，显示出惊人的记忆力，俨然是个军事行家。我就是从他嘴里得知二战期间的斯大林格勒战役，诺曼底登陆战役，隆梅尔的北非战役，以及德国的容克52和美国的M2。多年以后我发现，他肯定读过《朱可夫回忆录》《第三帝国的兴亡》一类的书，只是他的记忆有偏向，对军衔和型号记得太多，把重要情节反错漏不少，比如常把英国混同美国，对兵员数和钢产量也多是信口胡编。

这些闲聊类似于说书，其实是中国老百姓几千年来重要的文明传播方式。在无书可读的时候（如"文革"），有书难读的时候（如文盲太多），口口相传庶几是一种民间化弥补，一种上学读书的替代。以至很多乡下农民只要稍稍用心，东听一点西听一点，都不难粗通汉史、唐史以及明史，对各种圣道或谋略也毫不陌生。其实这何尝不是一种坚实的文化？有一次，说起两敌对大国之间的微笑外交，一位在我身旁的老农突然插嘴："有什么好说的？诸葛亮气死了周瑜，还要去吊香吗！"我听得一蒙，发现自己把形势和国策摊上一堆，其实哪比得上他一句话这么简洁和通透？

像农民一样，知青中还有些故事王，相当于口头图书馆。邻近的某公社就有这么一位。据那里的知青说，此人脑袋有点歪，外号"六点过五分"，平时特别懒，既不愿意挑粪种菜，也不高兴劈柴做饭，一个黑油光光的枕套竟可枕上一年。每次央求女知青代洗衣服，就以讲故事为回报。凭着他过目不忘的奇能，绘声绘色的鬼才，每次都能让听者如醉如痴意犹未尽而且甘受物质剥削。这样的交换多了，他发现了自己一张嘴的巨大价值，只要拿出故事这种强势货币，他就可以比别人多吃肉，比别人多睡觉，还能随意享用他人的牙膏、肥皂、酱油、香烟以及套鞋。这样的日子太爽。一度流行的民间传说《梅花党》《一只绣花鞋》曾由他添油加醋。更为奇货可居的是福尔摩斯探案、凡尔纳科幻故事、大仲马《基督山伯爵》、莎士比亚《王子复仇记》，都是他腐败下去的特权。

他逐渐练就成一方名嘴，走到哪里都被知青们迎来送往。尤其是农闲时节，大家寂寞难耐，经常备上好菜排着队去请他，把他当成了快乐大本营。作为一个资本家子弟，他歪支着脑袋，没赚多少工分，居然俘虏一出身干部家庭的漂亮女友，大概也不那么难以理解。

我有幸在县城见过他一面。几个朋友在饭店里以肉丝面相贿赂，央求他讲上一段。他说的是一苏联红军女兵押送一白军军官，两人在路途中居然放电，产生了危险的爱情，不料最后白军的船舰出现，后者本能地向舰船狂跑求救，前者的红军意识突然苏醒，那叫一个慌啊，想也没想就举起了枪……故事大王此时已吃完了，叭的一声枪响，他捂住自己胸口，缓缓地作旋体状，目光忧郁地投向厨房和碗柜，伸在空中的手痛苦地痉挛着，痉挛着。

"玛——沙！"他很男性地大喊了一声。

"我的蓝眼睛，蓝眼睛呵——"他又模拟出女人的哭泣。

太动人了！我们听得心情沉重感慨万千。直到多少年后我才知道，他那次讲的是苏联小说《第四十一个》，所谓表现人性论的代表之作。

护书

在我的同队插友中，张某好诗词，带来了《唐诗三百首》。贺某想当画家，带来了石涛、林风眠、关山月以及米开朗基罗的画册。我是造反习气未脱，带来了《联共（布）党史》《马克思恩格斯选集》一类，大家互通有无交换着看。不要多久，交换范围又扩大到其他队，一直交换到很多书没有封皮或脱页散线的地步。

根据最高领袖的指示，知青下乡是接受"再教育"的，在农民面前得夹起尾巴做人。茶场有一党支部副书记，自觉责任重大，成天黑着一张脸骂人，晚上还到处巡查，查到知青房间里有声响就隔窗偷听，看是否有人说反动话，是否有人收听敌台。据说有一次某知青听收音机，听着听着睡了过去。副书记不知情，竟把播音一直偷听到后半夜，冻得自己第二天咳嗽不已。

他也经常检查知青们读什么。好在他文化水平不高，在辨别读物方面力不从心。有一次他看见法捷耶夫的《毁灭》，先问"毁"是什么字，问明白了再一举诛心：我们现在都在搞建设，你怎么成天搞毁灭？你想毁灭什么？

我急忙辩解："毛主席都说这本书好。"

见他狐疑，便翻出《毛泽东选集》中的白纸黑字，这才让他悻悻地走了。

另一次，他冲着马克思的图片皱起眉头："资本家吧？开什么铺子的？"

"亏你还是共产党员，连老祖宗都不认识了？"我抓住机会再将一军，使他脸上有点挂不住，只假装没听见，去找什么锄头。

有了这样一些经验，知青们发现乡下干部其实不难对付。一段时间里，有些女知青喜欢唱"卖国"电影《清宫秘史》里的插曲，比较粉色和小资的那种，被干部们询问唱什么，就说革命京剧样板戏啊。干部们不懂京剧，居然信以为真。有些知青传看司汤达的小说《红与黑》，被干部们询问看什么，就说是看两条路线斗争史，还说作者是马克思他舅。干部们不知马克思的舅和姨，也就马虎带过。

农村当然也兴阶级斗争，只因为干部们大多缺少文墨，文化封禁较难落实。即便在城市，禁区也是有缝隙、有缺口、有偷越暗道的，爱书人稍动心思其实不难找到自保手段。比如《毁灭》《水浒传》、李贺、曹操这一类是领袖赞扬过的，可翻书为证，谁敢说禁？孙中山的大画像还立在天安门广场，谁敢说他的文章不行？德国哲学、英国政治经济学、法国社会主义一直被视为马克思主义三大来源，稍经忽悠差不多就是马克思主义，你敢不给它们开绿灯？再加上"古为今用""洋为中用""有比较才有鉴别""充分利用反面教材"一类毛式教导耳熟能详，等于给破禁发放了暧昧的许可证，让一切读书人有了可乘之机。

中外古典文学就不用说了。哪怕疑点明显的爱情小说和颓废小说，哪怕最有理由查禁的希特勒、周作人以及蒋介石，只要当事人在书皮上写上"大毒草供批判"字样，大体上都可以堂而皇之地收藏和流转。

我还读过一种油印小册子，不记得是哪个红卫兵组织印的，也不知他们印书的目的何在。小册子照例醒目地印有"大毒草供批判"的安全标识，正题是《新阶级》，作者为德热拉斯（后译为吉拉斯），一位被西方世界广为喝彩的南斯拉夫改革理论家。当上世纪八十年代末一位美国人向我推荐此书时，我的回答曾让他一怔。

我说，我知道这本书，我二十年前就读过。

他还是斜盯着我。

我无法让他相信这一点，当然也没必要让他相信。

我记得自己就是在茶场里读到油印小册子的，是两位外地来访的知青留下了它。我诈称腹痛，躲避出工，窝在蚊帐里探访东欧，如听到门外有脚步声便要装出一些呻吟。这是知青们逃工的常用手法。不过既是病人就不能快步，不能歌唱，更不能吃饭，以便让病态无懈可击。副书记一到开饭时就会站在食堂门口盯着，直到确认你没有去打饭，也没人代你打饭，才会克制一下揭穿伪装的斗志。不吃饭那就是真病了，这是农民们的共识。

这样，对于我的很多伙伴们来说，东欧的自由主义以及各种中外文化成果，都常常透出饥饿者的晕眩。

教书

"文革"一般被认为结束于一九七六年。其实这个分期过于笼统。

对于很多当事人来说，"文革"在一九六八年就黯然落幕，其标志是以"革委会"为代表的政权管制全面恢复，还有民众造反权利的重新取消，包括红卫兵的出局。新的各级政权里虽然都有几个群众代表，但一般来说只是摆设了。

有些学生对管制恢复已不习惯。想当年，大串联，逛全国，想斗谁就斗谁，想玩啥就玩啥，老子的队伍才开张，戴上袖章就是时代骄子，挂上盒子炮就是社会主人，这样的好日子怎么说没就没有了？生活怎么就只剩下哎哎哟哟的抡锄头出黑汗？他们愤愤不已，只是还残存几分领袖崇拜，那么与其承认自己出局，承认自己作废和可怜，不如把出局想象成重大战略的一步棋，想象成更伟大进军之前的迂回和潜伏，给自己继续蒙上意义的金色光辉。

我就是在这时结识了外校的一些知青，一伙是下靖县的，一伙是下沅江县的，都是些牛气冲天的幻想家，开口就是印度支那战争和法国红五月的那种，是忧心三十年后中国怎么办的那种。我们在春节回城时相聚，一家串一家，越串朋友越多，越串志向越大，分手前少不了要合唱一首《国际歌》。他们都比我年龄大，读的书也多，很得我的信任和仰慕，因此听说他们都在乡村办了农民夜校，我也立即回茶场办一所，决心配合友军行动，用革命思想改造可怜的乡村。

教材只能自费油印，由我和几个朋友编写，大体上以识字为纲，串起一些地理、历史、农科以及革命的小知识。《老乡上学歌》之类打油诗穿插其中，力图使课本更为活泼。这样的夜校一开张，干部们以为我们热心扫盲，吻合他们的工作任务，还十分高兴地支持。对我从无好脸色的副书记甚至破天荒把我表扬了两句。

不料事情并不顺利。农民学员对识字还有些兴趣，青年农民对天南海北的趣闻也津津有味，但要让他们理解列宁和孟什维克，明白巴黎公社有别于我们自己所在的天井公社，费力气实在太大。

"巴黎公社？在哪个县？怎么没听说过？"

"巴黎公社的人不插田吗？不打禾吗？那他们都是吃返销粮的？"

"我只听戴书记说过要学大寨，没听说过要学巴黎啊！"

真是让人出汗。想当年红军在乡村建立苏维埃，还教官兵们学唱换调变阶的《马赛曲》，不知道是否要出更多的汗。

他们对无产阶级光荣这种鬼话也绝不相信。无产阶级？不就是穷得卵都没一根吗？要是无产阶级光荣，那婆娘们不都光荣了？他们粗俗地大笑，然后对地球是圆的这一真理也嗤之以鼻：怎么是圆的？明明是平的吗！我走到湘阴县白马湖（一个在他们看来已经是很远的地方），怎么没看见摔下去呢？怎么没看见湘阴人两脚朝天呢？……到最后，他们质问我们为什么不教他们打算盘，不教他们做对联和做祭文，哪怕教教他们治鸡瘟也好啊。

这样，他们想学的我不懂，我懂的他们不要。多少年后，我看见有些大学生志愿者受非政府组织（NGO）所派，来到尚缺温饱的贫困乡村，分发女权或环保的资料，热情万丈地教几句英语，教一两首英文歌，把娃娃们搞得迷迷瞪瞪，就觉得他们身上也有我当年的影子。一代代的文明救主，看来都不大考虑鸡瘟之类俗事。

夜校因为我的莽撞而夭折。事情是这样：为了"学巴黎"，我纠集两个青年学员，其实是脑子比较呆的两位，共同写了一张大字报，炮轰场民兵营长王某，打算先拍下一只小苍蝇再说。大字报指责他经常躲避劳动，开小灶暗揩集体的油，实在太资产阶级。没想到的是，副书记对大字报似乎暗喜，至少没对我说什么，倒是原来对知青们较为宽厚的正书记大为光火——原来他是王某的同村人，近期还成了王某的入党介绍人，见我往肉汤里拉屎，见某些干部隔岸观火，恨不得一口把我吃了。他怒气冲冲一把撕了大字报，站在地坪里开骂："搞什么突然袭击？还拉拢贫下中农来搞派性？告诉你们，蛆婆子拱不翻磨子，党的领导是铁打的！"

周围两排宿舍鸦雀无声，谁都不敢说话。

"什么夜校？鬼叫吧？"

本地人把校也发音为"叫"。

第二天入夜，我来到"夜叫"，发现我的预感果然被证实：一个学员也没来，几排条凳冷冷清清。连我的那两位共犯，从书记房间出来以后也慌慌张张，再也不同我说话，更不会喊我"老师"了。我原来准备好的第二期课本和第三期课本，都只能成为废纸了。

我发现自己确实是一只蛆婆子，连树叶也拱不翻的蛆婆子。但认识到这一点，对我后来读懂一些书倒是大有助益。

（补记：一九七二年春，我从茶场转到某大队落户，遇到有学校老师休产假什么的，也被叫去临时代课。我此时再无启蒙壮志，革命意志衰退，只是同娃娃们瞎混，算是赚一点轻松的工分。谁效忠，我就在黑板上画鲜花或者红旗（给女娃），坦克或者飞机（给男娃），下面写出相应的象征性领奖者。谁调皮，我在黑板另一边画丑八怪，下面标出他的名字，说不定还狠狠加刑：咔嚓——画一手枪瞄准之，或哗啦——画一粪瓢逼近之。这种奖罚分明的朝廷王法，让子民们兴奋莫名，下了课还围着我尖叫。我哪给他们正经上过课？几乎所有课都成了涂鸦和胡扯。但后来有一次在路上遇到茶场那位书记，竟得到他的微笑："你是个聪明人，现在总算走正路了，搞教育革命的鬼点子还蛮多。"

他说，我班上有一娃就是他的外甥，最喜欢新老师了，再也不逃学了，这些天一放下饭碗就往学校里跑。

是吗？我不知道自己是否应该高兴一下。）

抄书

榜样的力量是无穷的。高一级有一美男，工人子弟，篮球打得好，毛笔字写得好，又有浑厚男中音，在早晨的树林里呵的一声开诵，立刻晕了一大片女生。红卫兵们爱诗热潮由此而起。郭小川的《青纱帐／甘蔗林》，贺敬之的《三门峡／梳妆台》、普希金的《致大海》等，立刻成为被大家争相传抄的朗诵文本，成为昼夜里此起彼伏的男声和女声，包括有些人对舌头痛苦的折磨。

当时大家几乎都有一两本手抄诗。下乡后，诗心在劳累中渐失，娱乐只剩下夜晚唱歌这种自我播音，于是抄歌的还是不少。苏俄的、美国的、拉美的、欧洲的、南亚的、日本和越南的，加上中国少数民族的歌曲，尤得很多女知青的青睐，几乎也是人手一册。多少年后，凡老知青们聚会，只要《三套车》《老人河》《流浪者之歌》一类音乐响起，中老年们差不多个个能唱。这种当年地下歌潮所留的余习，这种无组织、无领导、无纲领的全国性音乐认同，与学历教育倒是毫无关系。

一些知青做着文学梦或科学梦，当然更有抄书习惯。我在县城里结识黄某，后来当上编剧的一位，发现他抄录了几大本古文，深受震动和启发，回乡下后也如法炮制，每借来一书，便择优辑抄，很快就有了厚厚几本，以弥补藏书的短缺，以备今后温习。好几个早上起来，我的面目被人取笑，原来是柴油灯的烟太多，晚上抄书时靠灯太近了，太久了，鼻息吸引油烟，就会熏出个黑鼻子和黑花脸。知青点的朋友们也经常帮我，比如发现废品站有什么旧书刊，发现商店里有包装货品的旧报纸，就会留心多看一眼，把有用的纸片带回来给我。

九十年代末我在美国参加一会议，发现身旁一学者有动笔的癖好，倒也不是做会议笔记，只是笔头不闲，在会议材料的反面或空白处胡写，有时默写古体诗，有时默写洋文句子，有时甚至把会标之类抄上多遍。我心生奇怪，后来问及此事。他想了想，说是吗？又想了想，说他可能是写惯了，尤其是当知青时抄书太多，以至到如今差不多一摸笔就手痒。据他说，他曾赴江西省插队，在乡下抄满过近百本笔记本，几乎抄出了一个图书馆。因为一件"反革命团伙"案，他坐牢两年多，但他在监房里还把毛泽东选集英文版抄了三遍。他学英文的另一办法是，找一本词典，每天背下一页，就撕去这一页，待整本书撕完，英文也就咽下一肚子。

他是"文革"后最早出国的数万留学生之一，很快成为经济学界一颗新星。在普遍的国外舆论看来，八十年代初陆续出国的这一大批总体素质最佳，不仅谦逊和刻苦，而且学养不俗。其中很多人都是越过本科直升硕博。类似的情况是，在很多高校老师看来，"文革"后最早的上百万大学生，特别是文科生，总体素质也首屈一指。用有些老师的话来说，能遇上这几届可谓人生之幸。这里当然有比例不同的原因，比如从十年积累的考生总量中择优，与一般招考没有可比性。但即使不这样比，这是否也能显现出十年并非一张白纸？"断层""垮掉"一类概念是否用得过于笼统？

凭借手抄书一类手段，知识传薪其实一直明断而暗续、名亡而实存。如果真是"垮掉"和"断层"，数以百万计的好学生后来是从天上掉下来的？

"垮掉""断层"最为活跃和承重的"文革"以后三十年，为何反而爆发出了中国最强劲的经济成长？

现在，我的一些手抄书早已不知所往。随着出版的开放与繁荣，我的书橱也越来越多，盛满了太多精美而堂皇的套书，不需要我再在油灯下熏黑鼻子。但有时候我会不无惶惑，似乎书已经多得坏了我的胃口，让我无所适从。又觉得新书像富人的宾客，旧书像穷人的朋友，我在太多宾客面前反而有些孤独。

有人说过：借书读时读得最多，买书读时读得稍少，有机构发书读或赠书给你读时，反而读得最少。这里还可加上一问——抄书读的时候呢？

与一般的读书相比，抄书自有其优点：

一、三读不如一抄，抄一遍有利于增强记忆；

二、抄书是个细活，能迫使你聚精会神细嚼慢咽地读；

三、抄书很辛劳，抄者对这种书总是更珍惜，于是有可能复读得更多；

四、抄书一般只能是摘抄，而摘选需要你去粗取精，因此有利于总揽全局抓住重点，读出某种主动性和超越性；

……………

当然，这种手工活毕竟太耗时间，毕竟不足以抵消严重的短缺。在一个信息速生和知识高产的时代，急匆匆的现代人还可能抄书吗？

骗书

"灰皮书""黄皮书""白皮书"等统称"皮书"。这是指中国上世纪六十年代至八十年代的一大批"内部"读物，供中上层干部和知识人在对敌斗争中知己知彼，因此所含两百多种多是非共或反共的作品。如社科类书目里的考茨基、伯恩施坦、托洛茨基、铁托、斯大林的女儿等都是知名异端。哈耶克《通向奴役之路》也赫然其中。至于文学方面，《麦田里的守望者》（塞林格）、《在路上》（凯鲁亚克）、《厌恶》（萨特）、《局外人》（加缪）、《解冻》（爱伦堡）、《伊凡·杰尼索维奇的一天》（索尔仁尼琴）、《白轮船》（艾特玛托夫）、《白比姆黑耳朵》（特罗耶波尔斯基）等，即使放到百年以后，恐怕也堪称经典。

经过一段停顿，一九七二年"皮书"恢复出版，虽限于"内部"，但经各种渠道流散，已无"内部"可言。加上公开上市的《落角》《多雪的冬天》《你到底要什么》一类，还有《摘译》自然版和社科版两种杂志对最新西方文化资料的介绍，爱书人都突然有点应接不暇。春暖的气息在全社会悄悄弥漫，进一步开放看来只是迟早问题。如果说一九六八意味着秩序的基本恢复，那么一九七二是否意味着文化的前期回潮？这是一种调整还是背叛？是"文革"被迫后撤还是"文革"更为自信？

从后来众多当事人的回忆来看，他们青春岁月里都有"皮书"的影子。一些观察者还把"皮书"与后来的四五天安门事件直接联系，与我的感觉大体相通。

书店里重新有了活气。我认识的省内各位老作家和老编辑，也在这时陆续离开乡村或干校，回到城里操持旧业。他们恢复了两个文学期刊，从来稿中发现我，几次让我来省城开会，于是提供了更多求学机会。当时省城最大的两家书店都有"内部图书部"，一般设在二楼偏僻处，购书者需亮出相当级别的介绍信方可进入。不过这种管理措施实嫌粗糙，一纸介绍信算什么？用蜡纸和钢板成功伪造过印章的学生娃，伪造过大串联证明、肉票、火车票以及病历的家伙，还能被一张介绍信难倒？这一天，我和朋友用草酸溶液把一张旧介绍信的字迹退掉，再烤干纸片，小心执笔，填上购书内容。

我们须穿得像样一点，比方借一件军大衣（内部嘛，干部嘛，不能衣冠不整）；还约定到时候不能过于急切（公差嘛，让人提不起精神）。有关台词也设计好，到时候一个要催促，表示出对购书毫无兴趣；另一个要表示为难，似乎职责所系，不得不公事公办。如此等等。

照看"内部"书的是一大妈，果然没看出什么破绽。看我们爱买不买的样子，反而有了推销的热心，表现出当时少见的业绩意识。

"这本书很反动的，很多人都来买的。"她拿出一本我忘了书名的书，舍不得我们离开，"你们不拿去批判批判？"

"真的有那么反动？"

"我还会骗你？我都看了，里面有爱情！"

"首长说了，爱情就算了，我们主要任务是批判帝国主义和修正主义。"

"生活作风也要抓啊。你没看见现在有些年轻人不学好样，骑一辆自行车油头粉面的，我看了就恶心！"

我们终于被说服，给一个面子，买下了这一本。对方很高兴，见没什么再能吸引我们，便说仓库里还有些旧书，不属于"内部"，是否要去看看？这样，我们跟着她来到仓库，穿行于架上、桌上、地上的各种书堆，在浓浓灰土味中又挑了一些。大妈给这些书打包的时候，有一种眉开眼笑的成就感。

当然，诈骗犯也不是次次得手。有两知青曾因伪造借书证败露，被挂上大牌子，在省图书馆门前整整示众一天。另一次，一知青朋友被捕。我不知道出了什么事，不知道这家伙在警察面前能否扛得住，急忙做好应变准备，包括把家里所有"内部"书清出来转移，怕万一被发现，扯出藤藤蔓蔓，多出一条罪名。几个月后嫌犯回到家里，原来他是卷入一桩销赃案，只需要退赃款交罚款，倒也有惊无险。我这才去取回自己的书。不料替我临时保管书的那位脑子里进水，一直没把这些书当回事，听任来客东一本西一本地拿走了大半，事后又不记得来客是哪些人。

我悲愤莫名，恨不得同这个饭桶大打一架。

醉书

朱某是一工人，写过很多诗，但从不参加官方支持的工人写作组，只是把纸片拿给三两密友看看，看过就撕碎，觉得这才是诗歌的正常结局，是保证写作纯洁性的必需。他从无存稿，不允许朋友为之传播，所以我无法引用他的作品。我只记得他的诗句总是别出一格，让人惊悚和伤心，而且脑子里乱套，好几天里对任何生活细节都警惕兮兮，差不多是一只受惊老鼠。波德莱尔、艾略特、庞德……是他经常提到的名字，就像后来一些知名诗人那样。因此，我总觉得诗坛里还应有一个名字，但这个名字最终当老板去了，遇到我时也不再谈诗，只谈股票的走势。

胡某也是一工人，有自己单独的书房，还经常向我偷偷提供"内部"书——这因为他父亲是官员，后来还进京出任要职。我在乡下时，他常常写来超重的信，用美学体系把我折磨得头大。休谟、康德、尼采、克罗齐、别林斯基、普列汉诺夫……天知道他读过多少书，因此无论你说一个什么观点，他几乎都可以立刻指出这个观点谁说在先，谁援引过，谁修正过，谁反对过，谁误解过，嘀嘀嘟嘟一大堆，发条开动了就必须走到头。因为他成为某电机学院的工农兵学员，我后来与他断了联系。他为什么要改学电机？他那些超重的美学怎么说丢下就丢下了？

那时，老一代知识分子因书惹祸，大多谨言慎行力求自保，倒是一些少不更事的青年可能读得率性和狂放，在社会底层藏龙卧虎兴风作浪。秦某也是这样的书虫。他长得很帅，是我哥朋友的朋友的朋友。一个未遂的地下组党计划，还曾在他们这个跨省的朋友圈里一度酝酿。有一次他坐火车从广州前来游学，我和哥去接站。他下车后对我们点点头，笑一笑，第一句话就是："维特根斯坦的前期和后期大不一样，你说的那本书并不代表他成熟的思想……"这种见面语让我大吃一惊，云里雾里不知所措，但我哥熟门熟路立刻跟进，从维特根斯坦练起，再练到马赫、怀特海、莱布尼兹、测不准原理以及海森堡学派，直到两天后秦某匆匆坐火车回去上班。在这个哲学重灾区的两天里，我根本插不上嘴，只能做些端茶上饭的服务。他们也似乎从不觉得身边有人，只是额头对额头，互相插话和抢话，折腾出各自的浑身臭汗。我的未婚妻来过一趟，送来蔬菜和水果，秦某看都没看一眼。

老妈要我哥拿着空瓶去打酱油，其实是想让儿子歇歇嘴。没料到我哥出门，秦某也跟着出门，似乎不愿浪费一分一秒，不惜把哲学战争一路打向杂货店。

奇怪的是，这位哲学狂人后来金盆洗手而去，听说是结婚了，离开航运公司了，替朋友去澳洲打理生意去了，相关消息有三没四。就像前面说到的朱某和胡某，他一直未能在新时期知识界喷薄而出——其实他比我见过的某些教授要聪明十倍，完全有这种可能。他卖过血，他妹妹卖过血，以筹集他游学全国的经费，一切似乎都正是为了这一天。

作为我心目中一个个亲切的背影，作为"文革"中勇敢而活跃的各路知识大侠，他们终究在历史上无影无踪，让我常感不平和遗憾。也许有生活难题捉弄了他们？有性格毛病羁绊了他们？也许他们清高得不屑于浮出地表，不屑于在名人圈里对牛弹琴？

事情还可能是这样：在一个没有因特网、电视机、国标舞、游戏卡、MP3、夜总会、麻将桌以及世界杯足球赛的时代，在全国人民着装一片灰蓝的单调与沉闷之中，读书如果不是改变现实的唯一曙光，至少也是很多人最好的逃避，最好的取暖处，最好的精神梦乡。生活之痛只有在读书与思维的醉态下才能缓解。何以解忧，唯有文章，是之谓也。因此，一个物质匮乏的社会，或者说一个危机四伏的社会，反而最可能产生精神渴求；而一个机会密集、利益汹涌以及享乐场所环伺的时代扑来之时，真理的镇痛效应和制幻效应是否会如期减退？醉汉们是否应该及时地清醒还俗？

那么，我应该为他们不再需要镇痛和制幻而欣慰吗？应该为他们在知识苦恋之外找到更多的兴趣、忙碌、实惠以及体面而庆幸吗？

或者我不应该为他们的失踪而欣慰？不应该为我们一具具幸福皮囊下迅速繁殖的平庸而庆幸？

To be or not to be？（是还是不是？）

一代失学者的漫长假期早已结束了。"文革"远退到三十多年前。文明似乎日益尊贵、强盛、优雅、丰饶、金光灿烂。但对于很多人来说，读书其实是越来越难——如果这些书同文凭和实惠无关。一颗颗灵魂在舒适而惬意地入睡，不需刺耳声音的惊扰。正如一研究生曾三番五次地问我："老师，学文学到底有没有用呵？"我看得出，他一直没在意我此前的解答，不过是想在交出论文之余，再次求证一下他的文凭到底能否升值，能否给他带来一百万或两百万，能否让他过上出人头地的好日子。我终于沉不住气："我容许你把这个问题问一遍，问两遍，问三遍，但不容许你问第四遍！"我甚至扭头就走，回头再补一句："如果你并不爱文学，现在改行还来得及！如果你对什么也爱不起来，现在退学也来得及！你其实不必要太亏待自己。"

我肯定把他吓坏了。

对不起，我忘记了他并非圣徒，只是一个娃娃。从他所处的康乐时代来说，从他眼下远离灾难、战争、贫困、屈辱的基本事实来看，他确实没有太多理由热爱文学，那么累心和伤人的东西。

这是他有幸中的不幸。

2008 年 5 月

（最初发表于 2008 年的《钟山》杂志。）

放下写作的那些年

我 1988 年初去了海南，在相当一段时间里很少写作，但有关经历对后来的写作可能不无影响。

当时交通十分紧张。我选择大年初一动身，是火车上乘客最少的日子。全家三口带上了行李和来自海南的商调函。原单位曾挽留我，一位省委宣传部副部长后来专程追过海峡。我让他看我家的行李，说我家房子转让了，家具也卖了，还回得去吗？他看到这种情况，只好叹了口气，放我一马。

海南当时处于建省前夕，即将成为中国最大的市场经济先行区。这让我们这些满脑子自由、民主、市场经济的人兴奋不已。当时的拟任省长还公开宣布，将全面放开民营出版，给人更多的想象——我几乎就是冲着这种想象去的。

不过，市场经济这东西有牙齿，六亲不认，专治不服，远不是那些知识沙龙里的高谈阔论，不是我们这种小文青的"诗和远方"。一到海南，我就发现那里的"单位"已变味，与内地很不一样，既不管住房，也不发煤气罐，让你办刊物什么的，就给一个光溜溜的执照，一分钱的皇粮也没有，连工资都得靠你们去"自我滚动"。几乎不到一个月，我就发现自家的全部积蓄，五千元存款，哗啦啦消失一大半，眼看就要见底。用自家的积蓄给自己发工资，摸摸脑袋，定了个每月两百，感觉也怪怪的。

起步时，我们只能给发行商打工。根据谈下来的合同，我们每编一期杂志，只得到两万元，开支稿费、工资、房租后就所剩无几。因为人家有资本，有市场经验和营销网络，我们就只能接受这种傍大款的身份。到后来，大款也傍不成了，因为人家要干预编辑，就像后来某些投资商干预拍电影一样，直接要你下哪个角色，上哪个角色，连张艺谋这种大导演也顶不住。我们当然不干，但谈来谈去，总是谈不拢，我和同事只好收拾满桌的稿件，塞进挎包，扬长而去。那一天我们携带一包稿件茫然地走在大街上，吃几碗汤面充饥，还真不知道自己下一步该如何活。

是否得灰溜溜地滚回去，乞求旧体制的收留？

这大概算是全国最早的一批"文化产业"试水。我们既不能走"拳头加枕头"的低俗路线，又要破除旧式的"大锅饭"和"铁饭碗"，一开始就腹背受敌，两面应战——没有一个甜饼和鲜花的市场在等你。市场差不多只是有待拼争、格杀、创造的一种未知。为了活下去，我们这些书生只能放下架子，向商人学习，向工人、农民、官员等一切行动者学习。我们派人去书商那里跟班瞟学，甚至到火车站货场，找到那些待运的书刊货包，一五一十抄录人家的收货地址，好建立自己的客户关系。编辑们还曾被派到街上，一人守一个书摊，掐着手表计数，看哪些书刊卖得快，看顾客的目光停留在什么地方最多，看一本杂志在众多书刊密集排列时"能见区块"在哪里……这些细节都透出了市场的心跳和呼吸。

正是通过这种学习，通过各种鼻青脸肿的摸爬滚打，我们后来才逐步脱困，一本严肃的综合类文化杂志，终于扛住了低俗潮流，最好时居然能发行120万册（这个数字说给外国同行听，总要惊得他们两眼圆瞪）。受制于当时落后的印刷技术，我们每期杂志甚至要找三个印刷厂同时开印，才能满足市场需要。那时钞票最大面额是十元，当有些客户用蛇皮袋提着现钞来订货，杂志社所有人都得停下手头工作，一起来数钞票。更有趣的是，一位出纳员去海口市某税务分局交税，回头高兴地给我打电话，说税务局说从未听过这种税，账上没这个科目，要她把钱拿回来。我在电话里一时同她说不清，没工夫掰扯偷税就会有内伤、隐患、定时炸弹一类大道理，只是说：你理解要执行，不理解也要执行，哭着喊着也要把税交进去再说——那一次我们强行缴税二十多万。

税务部门中当然也有乱来的。有一次，在另一地，某官员要求我们交税七八万，把我们的财务人员也唬住了。我几乎一夜未眠，一条条仔细研究税法，最后据理力争，硬是把重复的交税给抠了回来。

靠这种死抠，我们把一本杂志、一张周报、一个函授学院，统统办成了赢利大户，又活生生进一步办成了公益事业。杂志社曾给海口市福利院等机构大笔捐款。函授学院也按30%的大比例奖励优秀学员，几乎是只要认真做了作业的，就能获得奖学金三百元至一千元不等，并登上《中国青年报》的表彰公告——而他们交的全部学费只有每人两百。

其实，穷日子不好过，后来的富日子更不好过。一个成功团队总是免不了外部压力剧增，须应对剽窃、举报、揩油、敲诈、圈套、稽查、恐吓信等十面埋伏，而且几乎必然滋生涣散和腐败的冲动。按经济特区当时的体制和风气，我们事业单位企业化管理，从无任何国家投入，因此收益就给人某种模糊的想象空间。有一天，头头们在一个大学的操场开会至深夜两点。无非是有人提出"改制"，其实就是后来经济学家们说的 MBO，即管理层收购，实现私有化的一条便道——只是当时还没有这些词。我大体听明白了以后，明确表示反对，理由是：其一，这违反了我们最初制定的全员"公约"，突然在内部分出三六九等，很像领导下手摘桃子；其二，这扭曲了利润产生的实际情况，因为我们并非资本密集型企业，现在也根本不缺钱，由管理层"出资"，实属多此一举，不过是掩盖靠智能和劳动产生效益的过程真相。如果连"出资"这种合法化的假动作也没有，那就更不像话。

争到最后，双方有点僵，直到对方不愿看到我辞职退出，才算了。某些当事人的心结当然并未完全解开。在海南以及全国当时那种"转型"热潮中，他们肯定觉得自己更代表市场和资本的逻辑，更代表所谓改革的方向。自那以后，团队内部的消极、懈怠、团团伙伙、过分享乐等现象日增，根子就在这里。

难道我错了吗？为此我查过资料，发现瑞典式的"社会主义"收入高低差距大约是 7∶1，而我们的差距接近 3∶1，包括住房、医疗、保险、住宅电话等福利，都是按需分配结合按劳分配来处理。这在早期的市场化潮流中确实显得另类，似乎不合时宜。但由我设计的一种员工持股的"劳动股份制"，有点像我当知青时在乡下见过的工分制，还有历史上晋商在"银股"制之外的"身股"制，既讲股权这种资本主义的元素，也讲劳动这种社会主义的元素，确有点不伦不类，却也大体管用。比如凡是同我们接触过的人，那些做印刷、运输、批发零售什么的，都曾以为我们这一群人是个体户，说没见过哪个公家单位的人会这样卖命干。既如此，有什么不好呢？

让人不易明白的是，难道把团队财富都变成了领导的私产和私股，员工们就会干得更加心花怒放和热火朝天？

多年后我在美国见到一位经济学家，他倒是对我们当年的制度设计特别感兴趣，对这个区别于资本股份制的"劳动股份制"特别有想法，一再要求我把相关资料复印给他，好像要做什么研究。

我很抱歉，这个不伦不类的新制度伤了某些人的心。根据内部公约，作为一把手，我在每个议题上顶多只有两次否决权，并不可随心所欲。但就靠这一条，也靠一些同道者支持，我多少阻止了一些短视的民主，比如有人主张的 MBO，比如更多人不时嚷嚷的吃光分光——那意味着放眼于长远的设备投资根本不能搞，社会公益事业更不能做，国家税收能偷就偷，如此等等。我这样说，并不妨碍我肯定民主的各种正面功能，比如遏制腐败、集思广益、大家参与感强等。在这一方面，民主其实是越多越好。

上世纪 90 年代后期，海南的法规空间逐渐收紧和明晰，我参与省作协、省文联的管理，与此前的企业化管理相比，单位的性质已变化，"劳动股份制"是用不上了，但定期民主测评一类老办法还可延续，且效果不错。包括我自己，因有一段时间写作，好像是写《马桥词典》那阵，去单位上班少些，出"勤"得分就唰唰地往下掉——群众的眼光好尖啊，下手够狠，一心要修理我，根本不管我委不委屈。

这些故事大多没有进入过我的写作，但我日后在一篇文章里，写到"真理一分钟不与利益结合，民众就可能一哄而散"。这句话后面是有故事的。我在《革命后记》中写到"乌托邦的有效期"，写到纯粹靠情怀支撑的群体运动，包括巴黎公社那种绝对平均主义的理想化模式，其有效期大概只有"半年左右"。这句话后面也是有故事的。90 年代晚期，我参与《天涯》杂志的编辑，收到温铁军先生一篇长稿，标题大约是《现代化札记》。同作者沟通以后，我建议改题为《中国的和人民的现代化》。之所以突出和强调"人民的"，这后面同样是有故事的，有无限感慨的。

往事风吹云散，会不会进入我以后的写作，我不知道。其实，它们是否早已潜入笔下的字里行间，自己也不大清楚。

2018 年 9 月

（最初发表于 2018 年《三联生活周刊》杂志，为"中国改革
开放四十周年"纪念特刊约写稿。）

母亲的看

母亲性格有点孤僻，不爱与外人交道，从不掺和邻居们的麻将或气功。不得已要有对外活动时，比如购物或上医院，也总是怀有深深疑惧。她每次住院留医，必然如坐针毡，又哭又赖又闹地要回家。不管是多么友善的大夫还是多么温和的护士，一律被她当成驴肝肺："这些人嘛，我算是看透了，骗钱！"

她这一性格是不是源于一九六六年，我不知道。那一年，我的父亲正是被很多曾经友善温和的面孔用大字报揭发，最后终于自杀。

母亲不愿出门，日子免不了有点过得寂寞。幸好现在有了电视，她可以很安全地藏在家里，通过那一方小小的银屏偷偷窥视世界。她看电视时，常有一些现场即兴评议，比如惊叹眼下天气这么冷了，电视里的人竟然还光着大膀子，遭孽啊；或者愤愤地检举某个电视剧里的角色其实是有老婆的，今天又在同别的女人轧姘头，真是无聊。在这时候，你要向她解释清楚电视是怎么回事，实在是难。

她年轻时是修过西洋画和当过教师的人，眼下居然就难以理解明明白白的风雪，为何冷不了电视里的大膀子；也很难理解上一个电视剧里的婚姻，为何不能妨碍演员在这一个电视剧里另享新欢。

给她推荐一个新的电视剧，她很可能不以为然地冷目："新什么？都看过好几遍啦。"但她很可能把某个老掉牙的片子看得津津有味，一口咬定那是新品出产。她所有新片中最新的又数《武松》。她承认这个片子以前就有，但坚信现在每一次看的都是新编。她争辩说，你去看看武松，你看嘛，这么多年了，他都老多了，有皱纹啦。

她这些话当然也没怎么错，而且有点老庄和后现代的味道。尤其影视业一些混子们瞎编乱造的艺什么术，我有时候细细看去，还真觉得新旧难辨，不得不佩服母亲的高明。

武松算是我母亲心目中第一偶像。此外的电视偶像还有毛泽东、费翔、钱其琛等，拼起来真是麻将牌的十三不搭，不知哪儿跟哪儿。这些偶像当然都是男性，只可能是男性，是一个妇人眼中的盖世英雄。我觉得她喜爱毛泽东的雄武和费翔的英俊还不难理解，对在任外交部长的了解和信赖倒有点出人意外。她一见到钱部长出镜，就满心喜悦念出他的名字，见到他会见外宾就有些着急，说这么多人又来搞他的名堂，他一个人对付好不容易啊，好不容易啊！

她突然问我：那个贩毛笔样的人是谁？是美国的总统吧？我一看他就不像个好东西。今天一个主意，明天又是一个主意。就他的鬼主意多。

我颇有外交风度地说，人家当总统，当然得有他的主意嘛。

她撇撇嘴，恨恨地哼一声，没法对那个"贩毛笔的"缓解仇恨。一揪鼻涕上厕所去了以示退场抗议，好几次都是这样。

大约从去年起，她的身体越来越病弱，眼睛里的白内障也在扩张，靠国外买来的药维持着越来越昏花的视力。看电视更多地成了一种有名无实的习惯——其实她经常只是在电视机前蜷曲着身子垂着脑袋昏睡。我们劝她上床去睡。她不。她执拗地不。她要打起精神再看看这个世界，哪怕挺住一个看的姿态。但我知道她已经看不到什么了，黑暗正在她面前越来越浓重，将要落下人生的大幕。她尽力投出去的目光，正消散在前方荒漠的空白里。

有一天她说："那只猪在搞什么鬼？"

其实屏幕里不是猪，是一块巧克力，一个放大的广告细节。

在这时候，我感到有些难受。

我默默地坐到她身边。我知道她已经看不清什么了，也看不清我了——她的儿子，一个长得这么大的儿子。

1995 年 3 月

（最初发表于 1996 年《家庭》杂志。）

然 后

朋友莫应丰患癌症住进医院时，我曾赴长沙看他。当时他身体肿胀，已脱原形，脑门上还有医院用来标记放疗位置的几处紫红色线痕，森然割裂了他的笑容——更显得陌生。他已不能说话。往事历历与感慨种种，竟只能在哑默的目光对视中流逝，在我们相互握紧的双手中抚捻成虚无。

他一直拒绝承认自己身患癌症，实际上已病入膏肓，大限迫近。他的妻子告诉我们，他脑子已有障碍，被人搀扶着走路，总是不自觉并执拗地连连向左转去，似乎寻找遗落在左方的什么东西。而另一异兆是，他常昏昏然目注上空，喃喃自语，好几次冒出一句疑问："然后呢……然后呢……"

然后什么？

逝者如川，然而有后，万物皆有盈虚，唯时间永无穷尽，莫应丰是在惊恐于此吗？岁月茫茫，众多"然后"哪堪清理，他在搜寻什么？在疑问什么？一生中最后的目光停落在记忆中的哪一年哪一日？

当年以"地下文学"抗争极左弊政，终于获大奖步高位好评如潮从者如簇的莫应丰，声宏气旺，挺胸昂首，固一世之雄也。如今困锁病床，变在瞬息，恐怕也是他及朋友们都未曾料及的。他患病的消息传到海南时，我在省政府大门口遇到张新奇、贺梦凡等，无不闻讯而失色，久久掩面泣于街市。其时初建大特区熙熙谋官攘攘赴利之人海中，朋友们多为生计而奔忙，匆匆的日子里终究还有泪的珠光，总算使人还感到人世的温润。

莫应丰与我初识时，骑一辆破旧脚踏车，常常在年轻得多的朋友中混。他好聊天，有时聊得太晚，年轻人都感到精力不支，他身为大哥却毫无倦容，常常忍无可忍地揪耳朵，把瞌睡者一一揪醒，责令大家陪着他继续聊。作为犒劳，他会翻找出一些残菜剩酒，亲自把炊，为朋友们服务，并领受关于他饮食趣味低俗不堪的指责。

青年作家们爱与他接近，重要的原因是他热心助人，从不忌才。谁有了创作构想，他会真诚地为你参谋，完善布局，修改词句，推荐发表，兄长式的全套服务还包括他对疏懒者不断的警训和号召。至于对他的创作，年轻人也可以随心所欲地批判和嘲讽。初识他的何立伟，曾将他自鸣得意的一篇论文指教得一塌糊涂，让旁人暗暗捏了一把冷汗，没想到莫应丰仍然笑呵呵，仍然频频点头，不觉得自己受到了冒犯。在那一刻，即便朋友骑到他头上去，人们肯定也可从他那气出丹田的朗朗大笑中，感受到一种坦荡和淳厚，一种信任，一种安全。

他写得很多很快，像很多新时期作家一样，大多文章是为改革开放的急务而作，而他们的抱负，也一直未局限在文章之内。很自然，由文学而仕宦，中国文士的传统人生轨迹，轻易限定了莫应丰后来的日子。我们可能遗憾他没有像闻一多、朱自清、钱钟书等那样终身与书册为伍——但那不仅需要淡泊的生活趣味，需要丰厚的学识蕴积，还需要种种具体生存条件，其活法并非一般文人所能随便选择的。仕与不仕，隐与不隐，其实都只能因人而异，因环境而异。

莫应丰后来当官了。到职的前夕，他在一位朋友狭小的房间里踌躇满志，并郑重拜托大家：将来如果我僵化了、腐败了，你们一定要不客气地骂我，不要丢下我不管啊。

我们也很高兴。我们似乎也相信，某种旧体制乃至人类的全部弱点，是不难被三两改革家征服的，是不难被一两次政治手术摘除的。

他就这样离我远去。

然后呢？一晃几年，他领导的机关似没有多少令人欢欣鼓舞的事。有人说他官做得很好，有人说他的官做得很不好。很确切的一点是，他被众多的会议苦恼着，有时迟到，有时早退，有时在首长眼皮下瞌睡，甚至呼呼喷出酒气。

而时光，一晃就几年过去了。

他越来越嗜酒，旅行包里总有装备齐全的酒具，入夜总是四处寻捕酒友。据说有一次实在没找到，便站在家门口向路上的某陌生汉子使劲招手，请对方入家来喝酒，弄得对方疑疑惑惑的。

他有太多的苦恼需要用酒来浇洗吗？他难道不知道，对于一颗总想特立独行的心灵来说，为官就是拘束、就是苦恼、而且从来如此于今为甚吗？其实，岂止是为官，就是发财、出洋、归隐、恋爱、堕落、行善等等，这些活计干长久了，要干得滋味无穷都颇不容易。倘若不把过程看得比目的更重要，倘若没有在过程中感受到辛劳的愉悦，那么，欲望满足了便会乏味，目标达到了便会茫然，任何成功者都难免在通向未来一片空白的"然后"二字前骇然心惊。

莫应丰终究是位猛汉，再次向命运发起挑战。他说他不准备再当官了，要回到平民的生活了，要同往日的迷惘和天真告别了。这样，一九八八年春，我迁居海南后，他也来海南筹办农场。不再有香车宝马和前呼后拥，他十分非"厅级"地自己买票登车，在火车上没有卧铺乃至座位，就挤在汗臭浓烈的民工堆中从长沙一直站到广州。到广州后感冒发烧，他在招待所里形单影只，便买来两斤绿豆熬成稀粥度日。

他戒了烟，也基本上戒了酒，到朋友家吃饭，面对满满一桌菜他什么也不尝，只想喝点稀饭。他又说他开始天天写日记，要重新做人了。他说他在海南定居以后，要把老爹从乡下接到长沙去住新房子。假如我们去长沙时他不在，只要我们去敲门，叫声"莫爹，我们是应丰的朋友"，莫爹就会照顾我们食宿，一切都无问题。

他刚刚为一件什么事被朋友叶蔚林训了一通，但他嘱咐我们："老叶年纪比你们大，要是你们有了钱，要分一些给他用啊。你们就在这里，要好好照顾他。"

他办事不再张扬，甚至不多话，绝不麻烦别人，成天骑一辆旧脚踏车独自在烈日下奔波，回来就在简陋的单位食堂里默默就餐。而就在这个时候，我们谁也没有料到的是，癌细胞正在他的身体内部静悄悄生长，一串串丰饶艳丽地渐渐成熟。

一位朋友去找他，敲门无人应。第二天再去，仍是如此。直到服务员来开门打扫卫生，才发现他病卧床上已有三天，唇白，面黑，毯子滑落在地上。他事后说，他听见了敲门声的，也明白是谁来了，只是无力答应罢了。

他就这样匆匆开始并匆匆结束了他的农场梦。命运是如此残酷，在他以放弃全部权势和舒适为代价，准备重新生活的时刻，竟轻易地将他逐出了人生赛场。

就不能再给他一次机会吗？——不过是如此普通而廉价的机会？

命运也是如此仁慈，竟在他生命的最后一程，仍赐给他勇气和纯真的理想，给了他男子汉的证明。使他一生的句点，不是风烛残年，不是脑满肠肥和耳聩目昏，而是起跑线上的雄姿英发，爆出最后的辉煌。

　　夜雨对床应有时

　　这是莫应丰在病房托人捎给我们几位朋友的苏诗摘句，算是他最
后的叮嘱。是的，他还应该有机会与我们对床长谈的，也许在他创办
的农场里，在某间茅舍中，听芭蕉夜雨，听椰涛呼啸……他爱喝的酒，
我们准备着。

　　我刚认识他的时候，是他请我这个小青年喝过茅台，那时这种酒
还昂贵而稀罕。他最后离开海南之前，我拿出一瓶藏珍很久的茅台酒
请他喝。我家里很少有酒，那也是第一次有茅台待客。我有一种莫名
的惶惧：难道冥冥之间上天已暗示了他的归期，着意让我以一瓶茅台来
还清一切、了结一切吗？

　　不，不要这样，不能这样。

　　生者仍在忙碌，仍在走向一个又一个无可逃避的"然后"，而应丰
兄已经去了，一去已逾两年。

　　一怀愁绪，几年离索。

　　莫，莫，莫。

　　　　　　　　　　　　　　　　　　　　　　　　1990 年 12 月

　　　（最初发表于 1991 年《湖南文学》杂志。）

收水费

我居住河西的时候，所在那一幢住宅楼有四个门道，每一门道五层，每一层左右两户，共计十户人家。每到月底，供水公司的收费员来看一下总水表，给各门道填发收款通知。几天后，待各门道的水费集中了，收费员再来总取。这样，我们这个门道每月得轮出一个经手人，帮供水公司逐户抄表收费。

我也当过经手人。这是我结识邻居的机会，但很长一段时间内，我并不知道他们的名字，在逐月积累下来的一叠收费表上，他们都只有房号，只是房号。比方说，我就是三号。

十号每月的用水量总是大得惊人。大概这一家孩子多，而且全家正轰轰烈烈生产致富，不知从何处接来一大包一大包的旧塑料袋，把它们拆开，洗净，装包，再送到某个工厂去。家里成了小作坊，工业用水的消耗自然非同一般。敲开十号的房门，机器嗒嗒声和流水哗哗声立即扑打我满脸满怀，使我面肌隐约发麻。应门的常常是一个约莫六七岁的男孩，小圆脸黑乎乎的。户主呢，在堆垒如山的原材料和成品那边，大概手头正干着活，或者不方便爬过山来，只是从里屋抛出一两句粗粗的嗓音，算是忙者的回礼。小孩显得很懂事，立刻把我引向水表，搬开挡道的鸡笼、脚盆、锄头，还有几大包产品，手脚十分麻利。完成这浩大复杂的工程之后，水表才从卫生间的一角探出头来，你才可以用扬腿劈胯的高难动作，让一只脚越过某个高高障碍，探向湿漉漉的水泥地，让上身尽可能趋近鸡粪味，也趋近水表。"又是十八吨半！"小孩看清了表上的数字，向父亲传报了陪同核查的结果，不再说什么，熟练地找来一支烟和一盒火柴递给我。我不要，他便把烟叼到自己嘴上，笑得天真而淳厚。

八号的用水量总是最小的，小得简直如用香油，没法不让人生疑——他们会不会用破坏水表的手段偷水？八号门外的楼道已被这一家侵占，是一个日益扩张的废旧用品仓库，竹篓、旧铁炉、破竹床、包装木箱或纸盒，钩心斗角地靠墙堆码，如同忆苦思甜的阶级教育展品，把楼道挤得日渐狭窄，只容人们侧身通过——行人免不了常对八号门报以白眼或嘀嘀咕咕。要是扛一辆单车从这儿经过，那就更为难了。稍不小心撞坏了一块藕煤，这家的女人就会拿着藕煤碎块找上门来，罪证确凿，非让你赔偿不可。不过这一家倒不乏革新能力，比如去他们家不用敲门。门旁有一按钮，你按一下，便可听得门内隐约悦耳铃声，后来我听说那是男主人用一台破电子钟改装而成，足见其心灵手巧。待铃声落定，男主人一张脸从门缝里露出来，脸瘦鼻尖，两眼眯缝，直到看清来人，才笑容可掬并且让门缝更为扩展。收费似乎惊动了他全家。几双神形酷似的眼睛齐刷刷在他身后汇集，都警惕地盯着我，如列阵迎战乞丐或窃贼或敌国特使，使我不由自主心怯腿软，进退无措。八号男人一定从我的脸上看到了怀疑，反复说明他家用水少的原因：拖地板用洗过菜的水啦，洗脚用洗过脸的水啦，冲厕所用洗过脚的水啦，再加上家里人口少（？），再加上他们每个星期天都去岳母家吃住，家里一个月用不了多少水等等。这与那些用磁铁块控制水表的偷水贼岂可同日而语？说实话，我对他的话半信半疑，看他家的水表，黄锈水弥漫在表内，看不大清楚。八号男人说不用看，他已经查过了。墙上贴着一张纸，就详细记载着他历次预先自查的数据，算是对收费工作的紧密配合。

九号住着一对退休老夫妻。老头大半辈子在银行工作，与钱打交道，因此对窃贼最为提防，所以他家的门最难敲开。你不仅要重重敲门，还必须大声呼叫，主人听出来人的声音耳熟，才会来开门的。这一家不仅有防盗铁门，木门上还有铁栓、安全链、大大小小三把锁，组成了立体的钢铁防线，即使主人自己，不大费一番周折也是开不了门的。想那些溜门小偷，对此一定会望而生畏吧？就算是偷得三金两银，也会被麻烦得口吐鲜血吧？老两口对有幸入门的客人都很热情，泡糖茶，递香烟，端上水果。房内别有洞天，打扫得窗明几净一尘不染，几枝月季在客套话的滋润下盛开着触目的嫣红。银行退休干部正在喝中药。说起门，他感慨最多，消息也最灵。他说晚报已经刊载了，哪儿哪儿遭窃，哪儿哪儿被抢，人心不古世风日下，真是不能不防啊，以至他出门时把所有的存折都贴身带着以防万一。他见我也有同感，立刻建议我借收水费的机会，把各家各户串通一下，大家订一个联防轮流值班制度，或者雇请保安人员增岗加哨，他情愿出一份钱。

七号的门上贴着剪纸的大红喜字，自然是一处新婚香巢。小两口不知在哪里工作，每天都早出晚归。我白天敲不开门，只得晚上再去试试。查看水表时，我发现卫生间的水在哗哗哗白流，提醒主人之后，七号男人这才来关了水。他说他没听见水流声，原来厅里乐声大作，又是港台又是欧美又是红军歌曲联唱，立体音响轰击着青春岁月。粉红色的朦胧光雾里，几对青年男女翩翩起舞，另一位女士坐在男友的膝盖上，娇嗔地由对方喂上一颗颗葡萄。在另一间房里，有很多空酒瓶和一堆果皮纸屑，还有大堆黄澄澄的木料，看来主人还准备打制家具，构造更新更美的生活。七号男人留着小胡子，十分豪爽，哗地撕破烟盒，给我递上进口的美国烟，还说要介绍一条"右腿"陪我跳一圈，让我享受一下贴面舞的美味，享受一下熄灯舞的魂销时刻。对于水费，他根本不在意，说算多少都可以，怎么算都可以。一张大钞票塞给我还不让我找还零钱。"你要找钱就是骂人！"他瞪大眼冲着我一个劲地豪爽。

四号则永远宁静，总是紧闭着门。主人姓什么，是干什么的，这里无人知晓。好像这一户只住了一位中年男子，我偶有一次见他弓着背出门去，不知此前他何时潜入自己的房间，真有点神出鬼没。他也不认识任何人，前几天才与我点过头，现在我敲开门，他又问，你是谁？来找谁？我说我是你邻居，来收水费的。他说，收过了怎么又收？我说每个月都要收的。他哦了一声，明白了水费是怎么回事，把我引向电表的方向。我说，水表在卫生间里。他又哦了一声，拍拍自己的脑袋，有点不好意思。从他家的水表可以看出，他用水极少，大概除了喝水，是很少擦地板、洗衣服乃至做饭菜的。屋里空空如也，家徒四壁，确实没什么家具，一个床垫放置墙角便算是床了。地上倒是堆码着很多书，有几本线装书摊开了，书内夹着一些冒出头的纸条。我说下个月该轮到他来收水费了，他吓了一跳，紧张得脸色灰白，说他对数字最糊涂，不能干这种事，他绝不收水费也不收电费。我说每家都要轮上的。他想了想，说硬要这样逼他的话，他就让他姐姐来帮忙。在这一个交谈过程中，他始终没有问我姓甚名谁，当然问了也没用，他记不住。他在这里只是一个若隐若现的传说，一个似有似无的假定，不可能成为任何人真正的邻居。

一号在我家的楼下，在这十户人家中显得最为风光无限。门前的空地被栅栏一隔，就成了他们的私家花园，种上了各种奇花异草，还有盆景假山，揽黄山漓江等南北景象天下名胜于一园。常见一群群陌生人来此干活，用陶砖垫出园中小径，或用水泥灌制成预制构件，再搭出花园旁的偏房。这些人干活很卖力，干完活不吃饭就走，连茶水也不多喝。他们对一号男人"科长"前"科长"后的，常有点头哈腰的讨好之态。科长背着手指点他们干活，也常常踱步小径观赏满园春色。他和蔼可亲，是个公共事务的热心人，好几次发动组织邻居们签名上书市政府，要求在附近增建医院，要求改善自来水的水质，如此等等。他家负有浇灌使命，用水却不算多，全仗一辆市政洒水车定期前来输水。他家水表也维护得最好——曾有陌生人笑盈盈地上门检修，发现有点问题，立即换上新产品，就像维护他家的电饭锅、电视机乃至电源插座。科长一听说这个月各户用水之和又与总水表显示的数量有较大差距，便背着手沉思解决问题的方针和方法。他说一定有人偷水，损害公共利益。很可能是八号搞了鬼名堂，应该对八号进行严肃思想教育。他也常批评七号忘记关水龙头，水顺着楼道哗哗往下淌，虽说是自己付钱，但浪费了国家财产嘛。年轻人啦，不懂得过日子的甘苦，也不懂得艰苦奋斗的革命传统。见到我来收水费，他不给我递烟，也不准我在他家抽烟，对我的支气管和肺叶关怀备至，甚至背诵抽烟致癌的各种统计数据，一边说还一边清嗓子，似乎数据也很恶毒，他对通过了数据的嗓子必须及时检查清理。

二号处一号之侧，住着颇为拥挤的四代共六七口人，经常爆出婴孩们越来越洪亮的啼哭。当家的人称孟爹，也退休居家，常去钓鱼和打牌。他对身旁一号的动静最为关注，一见我上门，就抢先要查阅一号的用水数量。从近几个月数字的变化，他老谋深算地判断，一号不但装了热水器，这个月肯定又添置了全自动洗衣机。"他家里有钱，有钱啊。他家细细最近进了外贸公司，欢欢也在做大生意。这叫什么？这叫钱找钱，钱结伴。越是有肉吃的人，就越有肉汤泡饭啊……"他这一番评说引出长叹，不知是赞叹还是悲叹。他家的卫生间窗子被木板全部封闭，漆黑一团，白天查看水表也得动用手电筒或划火柴——似乎电灯坏了。我问他们为什么不把电灯修好，孟爹不以为然地说，修它干什么？一不在这里读书，二不在这里记账，那么大个坑，还怕屁眼屙不中吗？这就让我无话可说。

最难收来水费的人家该算六号。六号住着一对夫妇，都在剧团工作，离了婚，因为找不到房子，只得暂时"非法同居"于此，已有一年多时间了。男的常常不在家，是否另有新欢外人不得而知。女主人声称他们的财务早已分开，她只能付她的那一半水费，绝不给那个臭杂种垫付或代付。数着角票分币的时候，她还气咻咻地说她完全不该付这么多，因为她用水省，总是在剧团洗了澡再回家，哪像那个家伙，出油汗，出黑汗，每天臭烘烘，一双鞋子没几桶水是洗不干净的。要不是她心软，她根本不会给那家伙洗鞋子，让他娘的打赤脚。我说，既然你还为他洗鞋子，是不是还有复婚的可能？她杏眼圆睁："洗鞋子是洗鞋子，爱情是爱情，这完全是两回事！"她又说："你以为离婚很奇怪是吗？其实没什么。有人说，中国人以前见面就问'吃了吗'？现在见面就问'离了吗'？时代不同了嘛。我在我的同学中间，算是离婚最晚的啦。"她果然没为前夫垫付或代付一分钱，显示她追求爱情义无反顾的决绝之志。这实在让我为难。大概觉得为难了我，她请我吃一颗糖以作补偿，然后继续去电吹她的一头长发。

最后还剩一个五号，是不用去收水费的。这里原住着老少两个女人，后来少的死了，老的也死了。关于死因，这里的人都吞吞吐吐不愿说，我也不想说。据说人死后阴魂不散，房子里总是闹鬼。有一天深夜，差不多整幢楼的人都听到这房子里地动山摇的一声巨响，像是柜子或桌子倒了，但谁也不敢开门去黑屋子里查看。六号常说，常听到隔壁有脚步声，有女人轻轻哼歌的声音，恐怕是真的出鬼了。七号也说，那套房子窗子都关了，风都吹不进去，但一到夜里那里怎么有房门的吱呀吱呀呢？不是幽灵出没又是什么？他们说得邻居们一个个后脑皮僵硬，小孩子往大人身后躲。一号男人劝大家不要迷信，说世界上哪有什么鬼，大家只要多学一点辩证唯物主义，就不会相信这些鬼话。邻居们不服气，纷纷质问他，你辩证了，你唯物了，但那天晚上你没听见巨响吗？你去看过一下没有？你不也是缩在屋里大气不出？……这一说，科长便支吾，便脸红，背着手去看他的仙人掌算了。

后来，房产公司安排别的人家来入住五号，那户人家兴冲冲地来看房子，但一听说闹鬼，就大惊失色，一去不返。

因此五号房至今一直空着。

收费表中的五号名下，月月都是空白。这也没什么，我们每个人或迟或早都要奔赴空白。只是五号少女竟走在我们的最前面，倏忽而逝，我完全没有料到。我对她的面目没什么印象，只记得她每天夜里归家，大概是在中学晚自习后归家，一上楼梯就必定超前地朝三楼大喊一声："外婆，开门——"

楼道的路灯总是坏了，她在黑暗中用高声大叫为自己壮胆吧？她的高声呼叫与故意重踏的脚步渐成定规，成为了这里夜晚的一个部分。一旦消失，夜深人静之时，我仰望泼入窗口的银月，会觉得夜晚缺失了什么。

五号房的铁窗很快锈了，木门也蛀眼密布，落下厚厚的粉尘。没有人居住的房子，像摘下枝的果子，失了灵魂的躯壳，没有了生命，腐朽得特别快。常常有老鼠从五号房门下面的缝里钻出来，使过往的行人发出一声尖叫，震落心头的喜悦或愁闷。有时候，一枝来历不明的白丁香，会出现在五号门前，不知是什么人所赠，不知是为什么而赠——这是我的想象。

终于，我向供水公司的收费员缴足了水费，包括为六号男人垫付了他该交的那一半。我的事情就算是完了。

1992 年 6 月

　　（最初发表于 1995 年《家庭》杂志。）

中国人的浪漫

洁白纱裙，柔美手足，炫目旋转，优雅谢幕……当年芭蕾舞剧《天鹅湖》曾是很多中国人的梦中仙境，几乎成了美丽、高贵、纯洁的象征。然而，作为浪漫主义艺术时代的一颗明珠，这个关于天鹅的故事，在欧洲其实并不新鲜，无非是王子配公主终成佳缘美眷。这一类故事对标宫廷和贵族的心情，也引领普天下文艺青年的美学向往。

我差不多也有过这种向往，在小提琴上学奏《小天鹅舞曲》时，后来在彼得堡观演现场热烈鼓掌时，都不无某种精神身份的临时代入感。我们都风雅兮兮的，都为天鹅牵肠挂肚，但并不了解，甚至没打算去了解那一物种。艺术嘛，与现实毕竟是两码事，怎么梦与怎么活没必要一一对齐——那种雁形目鸭科的大鸟真的很重要吗？在那一刻，在那种令人屏息的艺术仙境里，我们就把舞台当作生活的全部好了。

生活终究比舞台要大很多，要芜杂也要艰难很多。直到遇见徐亚平，我才知道更大的"天鹅湖"其实一直就在自己身边，在自己已几无感觉的庸常日子里。他是一个省报外派驻站记者，把这种跑腿活一干几十年，有时头发乱糟糟的，似乎是缺乏上进心的那种油腻男——倒是折腾了一个民间的岳阳市江豚保护协会。这一次，鱼友们也成了鸟友，因一只小天鹅的跟踪器信号异常，他们前往现场救助，一路上翻山越岭、雨中迷路、车辆陷坑、队友病倒、涉水沼泽，最终在GPS信号的凝固点，只找到一只跟踪器，显然是被哪个猎手丢弃的。满地的血迹和散落的羽毛，还有一圈又一圈肢体挣扎的痕迹，刻下了那个白色精灵最后告别长天的不甘和不舍……说到这里，他哽咽了，紧紧攥拳，好半天说不出话，眼里闪烁着悲愤的泪花。

他可能并不懂柴可夫斯基，也不懂巴甫洛娃的舞步，从未出现在《天鹅湖》的仙境。但谁能说他不是一位真正的"王子"，是为保护人间美好而一再受伤的隐名义侠？

从他嘴里，我这才知道，尽管天鹅已成为西方诗歌、音乐、舞蹈的一个经典符号，但天鹅的故乡并不限于欧洲，至少不限于将其奉为国鸟的丹麦与芬兰。每当冬寒逼近，它们悉数南迁，远离北极圈，包括飞越西伯利亚和蒙古草原，换名为中文里的"鸿鹄"（或更精简的"鹄"），也兼名人们泛指的"雁"，直抵它们熟悉的大河上下大江南北，直抵洞庭湖、鄱阳湖这两个最南的越冬区——它们的另一片家园。数十次南来北往，它们在这种长旅中要应对的，岂止一个恶魔"罗特巴特"，而是千百年来沿途防不胜防的猎枪、毒饵、罗网、捕夹、猛兽、恶禽、暴风雨、沙尘暴、工业污染，乃至LED强光之下现代人的大举围袭，以至常尸横遍野，一曲曲"天鹅绝唱"余音飘落。

正是这漫长的苦难旅程，激动了另一位"王子"。同亚平一样，周自然也是湖乡子弟，有点家传的内向和诗癖而已，中年时在外地商圈创业有成，却重返洞庭故土，再续多年前的旧梦，不惜倾其家产也要当一个"鸟人"。因其创意，他仅用几条微博，"跟着大雁去迁徙"的网上活动便一鸣惊人，应者纷起，千万张博友的涉雁照片顷刻间哗啦啦贴上来，差点挤爆有关网站。这使王子们的前期努力，从散兵游击的小状态，借助互联网这种新工具，一举转型为八方联手、广域监护、高效协同的大事件，成为热浪迭起的社会运动。连不少理工男女受其邀请或激励，也自带干粮加入进来，投入他们自嘲为"神经病"式的狂热。这里还得说说周立波和周明辉。这两位博士差不多是从零开始，啃下芯片、传感、电源、天线、封装等难题，一步步把跟踪器的性能做上去，把重量、能耗、价格做下来。到最后，研发团队硬是把法国那种四十克重的背负式跟踪器，做到了了二十克以下，最低一款仅重二点三克，已轻如一片鸿毛。

于是，再一次借助高科技，广域监护升级为广域 × 全程的监护。如有必要，眼下的每一只天鹅，几乎都可以有编号、有昵称、有档案，都能在电脑上显示航迹、落点、身体状态。人们这才惊讶地发现，天鹅竟是这样飞的啊：屏幕上一个光点可一口气跨越一、两千公里；若喘口气，盘桓和磨蹭数日（想必是在那里狂吃蓄膘），该光点还可再次一口气抛出四五千公里，划过整个辽阔的西伯利亚——那些影子，那些最后累得可能只剩下的一只只皮包骨，其意志，其体能，是何等惊人！人们还发现，屏幕上两光点可一辈子形影相随，即便有过一段分离（也许是其中一方贪玩、赌气、别恋、智障、崇尚自由），但最可能的下文，是它们后来再聚如昨，隔山隔海也能准确地找回来，不能不让人类感慨万端。当然，爱鸟者们最不愿意看到的，是屏幕上两光点久久静止，直至熄灭（是同遭不测？相互间可曾有过拼死相救或以命殉情？）——想想吧，比比吧，这些爱侣生同衾，死同穴，相遇随缘，归去有约，其一颗颗鸟心该如何让人类想象和理解？这些父母临终前是最为疯狂的战士，还是最为悲痛的知己？是血溅五步，还是长歌当哭？

如此等等，一个神秘的鸟世界在这里渐次揭开，一部鸟类史有待重写。毫无疑问，一个民间护鸟运动不仅助推了各地野保机构，不仅汇聚了政府、媒体、警方、青少年、社团、企业家、摄影发烧友、农民渔民牧民的力量，还释放出新异的学术价值，迅速吸引了高等院校和科研单位的人力资源，原因大概就在这里。

一种全新的组织方式也应运而生，让人不容易看懂。这些"王子"和"鸟人"，来自看似十三不搭的各地各业各层级，无领导，无财政，无薪资，连业余社团都算不上，却幽灵般无处不在，如"太空尘"时有时无，却总是能一呼百应，召之即来，各尽所能，协同有序，低摩擦运转。他们设立一个个候鸟迁移标志，推动国家和地方的有关立法，连俄罗斯、蒙古、日本、澳大利亚等地也同道蜂起，形成规模越来越大的跨国情怀圈。他们在地图上标绘出一条条"鸟道"，导向穿越山脉所需的峡谷和隘口；发现和维护一个个"鸟港"，即候鸟采食和栖息所需的大湿地，相当于旅途中的休息区。当然，他们依据卫星信号的异常，还能及时发现一个个风险点，极可能发生当年北大荒宝清县那种大规模毒鸟的惨剧，于是一次次紧急出动。这样做的时候，他们并无执法权，哪怕心头滴血也不可越权动粗，但他们至少能实现网上定向动员，迅速征召风险区附近数以十计或百计的鸟友，投入现场的宣传、劝阻、取证举报，形成强大的民意浪潮和行政反应，最大限度地遏阻灾难。

有一次，他们还从吉林一个厂区成功解救过一只触电致伤的白尾海雕——其时监护范围已从天鹅扩展至所有珍稀野生鸟类。他们给这只"巍鹏8号"做了全国首例猛禽接爪手术，并在随后四年多里，捕捉到它九次越境迁徙的卫星信号，包括在白城某地一个农家院一再出入，颇有些形迹可疑。这家伙，想必是吃鸡上瘾啊！妥妥的贪嘴吃货一个，是不是与人争食太过分了？

小分队事后忍不住去提醒粗心的事主。不料那个河北农妇，得知院里那些剩骨残羽的谜底，却哈哈一笑："算个啥，俺今年再多留几只给它吃呗。"

作为种粮大户，她是富得不在乎几十只鸡了，还是一时找不到别的方式，来感激这些远道而来的好心人？

鸿雁，在天上，
对对排成行。
江水长，秋草黄，
草原上琴声忧伤……

这是徐亚平在车上总是唱不完的一首，也是线上此起彼伏的云合唱。受全国这些爱鸟人所托，一支由这些中国草根"王子"拼凑的车队，带着镜头、电脑、望远镜、宣传品，这次真的"跟着大雁去迁徙"了。他们从洞庭湖的01号迁徙碑出发，越千山，过万水，历时十天，辗转长驱两千多公里，最终抵达内蒙古甘其毛都边境口岸，将难舍难分的一批又一批鸿鹄目送北迁。

长亭接短亭，落霞继星斗。车轮追赶雁翅，鸟鸣呼应歌潮。天上的"一"字和"人"字在泪眼中模糊了又清晰，清晰了又模糊，一会儿被高山隔断，一会儿又落下云端。这是动物界乃至生命界多么欢欣和忧伤的再一次别离，是人间天堂一个多么奇特的最新节日。也许，回雁峰、黄鹤楼、白鹤寺、雁鸣湖、雁门关、雁栖湖、大雁塔、雁荡山……这一长串古老地名，将因此而纷纷苏醒，一个个开始萌动、舒展、绽放，重现容颜与光泽，再续它们各自无声的故事，无声的千年沧桑与浪漫。

这一年的3月27日深夜十一点，月亮从乌拉山口升起。亚平告诉我，他们几个追风送鸟的汉子这时仍久久守候在乌梁素海岸边，遥望深远无际的北方夜空，一个个忍不住泪流满面。他们多想为太多说不清的理由大哭一场，多想在这里待下去，一直待到天上的"一"字和"人"字在秋后南归的那一刻。

2022 年 6 月

（最初发表于 2022 年《光明日报》。）

你好，加藤

一

加藤四岁的时候就到了北京，进了一所幼儿园，是班上唯一的日本孩子。他与同学们一同学习毛主席语录，一同唱《大海航行靠舵手》，一同看电影《地道战》《地雷战》《小兵张嘎》。孩子们玩战斗游戏的时候，他的日本人身份似乎使他最适合扮装日本鬼子，但他绝不接受这种可耻的角色，吵闹着一定要当地下武工队员，当八路军政委。

有的人可能觉得这很有趣：八路军里怎么冒出一个日本政委？母亲遇到了幼儿园的阿姨，说你看这孩子就是要强，老师，拜托了，你就给同学们做做工作，让他当上政委吧。

其实，日本母亲用不着拜托。小伙伴们都喜欢加藤，一再把战斗的指挥权优先交给政委加藤。

加藤的父母是在中日建交前来到中国的。当时居住北京的外国人很少，也鲜有专门招收外国小孩的幼儿园。但加藤的父母很乐意让孩子与中国娃娃打成一片，加藤一口纯正的京片子普通话就是在这时学会的。有一次，一位瑞典朋友来加藤家做客，顺便给加藤带来一点礼物，包括一面小小的日本国旗。没料到八路军小政委在家里也坚守抗日阵地，一见太阳旗便怒从心头起，将小旗摔在地上，跳上去踩了两脚。

瑞典朋友大惊失色，不知道一个日本孩子怎么可以这样。

直到加藤的父母解释了孩子在幼儿园看过的电影，客人才惊魂稍定，理解了一个孩子反常的激愤，理解了一面日本国旗在当时纯正北京腔里的含义。要知道，这个国家的国歌就是抗日动员，是一首战争年代里燃烧着悲愤和仇恨的出征之歌。

二

现在，加藤在东京大学读博士学位，开着德国汽车出没于东京的车水马龙之中。他不会再那样粗暴地对待日本国旗了，不会再那样简单地理解日本了。但他仍然在继续学习中文，研究中国穆斯林的历史，希望成为中国人民的朋友。

这种愿望也许是他父母的心理遗传，甚至是他外祖父、外祖母人生经历的延伸。外祖父很早就踏上了中国的土地，像他的几位青年朋友一样，离开那个显得较为狭小的九州岛，来到新大陆传播知识和技术，希望在这里寻找和建设自己的理想。他们没有想到的是，此时的日本政府高层也移目西望，看上了中国东北乃至华北丰饶的矿产、森林、大豆以及黑土地。为了争强于世界民族之林，也为了抗拒西洋大国的挤压，大和民族的生存空间必须扩展——这成为那个时代启蒙逻辑的自然结论，不会让任何新派人士惊诧。民主几乎与殖民两位一体。"大东亚主义"等说辞就是这个时候涌现于日本报端的。日本民主运动主将和早稻田大学的创始者大隈重信，同时成为当时挟"二十一条"以强取中国山东的著名辩家。人们在诸多说辞下即便伏有不同的情感倾向和利益指向，却基本上共享着一种踌躇满志的向外远眺和帝国理想。

理想主义青年自发的援外扶贫，最终被纳入官方的体制化安排，纳入日本军部对伪满洲国的政治策划。加藤的母亲后来说，加藤的外祖父当时"受蒙蔽了"，同意出任伪满洲国的公职，成了一名副县长，位居中国人出任的傀儡县长之下，却是实际上的县长。他忙碌于繁杂政务废寝忘食，真心以为东亚共荣能在他的治下成为现实。为了抵制无理的强征重赋以保护地方权益，他甚至常常与日本关东军发生冲突，好几次面对武夫们气势汹汹的枪口。他没料到中日战争的爆发，在战争现实面前对日本疑虑渐多，但他无法摆脱历史大势给他的定位，差不多是一片随风飘荡的落叶。

悲剧结局终于在这一天匆匆到来：苏联红军翻过大兴安岭，势如破竹横扫东北全境。覆巢之下岂有完卵？他理所当然地被捕入狱，接着被枪决，踉踉跄跄栽倒在一片雪地里。他是一个敌伪县长，似乎死得活该。没有人会对这种判决说半个不字。也没有人在战争非常时期苛求胜利者的审慎：那些苏联军人没有足够耐心来辨察官职之下的不同人生，也不习惯啰唆的审判程序。

这是新政权的判决。与旧政权一样，中国人此时仍然只是黑土地形式上的主人。一些以前流窜到西伯利亚的中国流民乃至盗匪穿上苏军军装，跟随苏联人的坦克回来了，被宣布为临时执政者。但这种宣布是用俄语完成的。

很多年后，日本天皇为一切在境外因公殉职的日本官员授勋，抚慰死者亲属。加藤的外祖母拒绝了勋章。她曾经带着三个年幼的女儿在中国的战俘营里苦熬多年，回国后一直以低级职员的微薄薪金拉扯大孩子，以一个女人的非凡力量扛住了生活的全部重压，有太多的理由获得政府的奖赏和补偿，但她还是坚决地拒绝了勋章。在中国的经历使她的眼光常常能够越过大海，对"国家"和"民族"这类神圣大话下的一切热闹保持戒意。她说她永远也忘不了一家四口从中国回到日本时，她们日夜企盼日夜思念的祖国，竟是一些粗暴的日本小吏，在码头上命令乘客脱下衣服，劈头盖脸撒来一把把滴滴涕药粉，防止他们带回肮脏和病菌。她护住三个吓得哇哇大哭的孩子，在凛冽的寒风中突然觉得，她真真切切地回来了，但一片呛人的药粉扑来之际，故国反而成了一个模糊的概念。

她热爱日本，但拒绝了天皇授勋，而且让女儿师从于鲁迅的研究专家竹内好先生，学习中国的语言和文化。她希望女儿们继承父亲遗志，将来再返中国，续写父亲在黑土地中断了的故事。

三

拒绝天皇授勋的并非加藤的外祖母一人。在整个20世纪50年代和60年代，中国和日本处于冷战时期的对峙，还未建立外交关系，在法律意义上甚至还未结束战争状态。但日本社会各界形成了一股反省战争和亲善中国的潮流。各党派和民间团体纷纷组团去中国访问，毛泽东的书和周恩来的画像在书店、大学里流行，甚至成了不少知识分子争相拥有的前卫标志。"打破美帝国主义对中国的包围圈！""坚决捍卫社会主义中国！""无产阶级文化大革命万岁！"……很多日本青年头缠布条，手挽着手，在驻日美军基地前抗议"安保条约"时高喊这一类口号，履行自己神圣的职责。

加藤的父母亲就是在这股潮流中重返中国的。他们如愿以偿地发现了一个新中国：妇女真正获得了解放并且在社会各个领域意气风发，往日卑贱的工人农民成为文艺舞台的主人，留洋归国的教授随着医疗小分队深入穷乡僻壤，政府官员满身泥巴并且累死在盐碱地上，奇迹般的"两弹一星"在日新月异的大地上陆续腾空……对比日本社会那些令人窒息的等级森严和金钱崇拜，中国确实让他们兴奋不已。毛泽东思想哺育出来的针刺麻醉法甚至使加藤的父亲亲身受益，他在北京亲历针麻的外科手术过程，既无痛苦又价格低廉，由他撰文在《读卖新闻》介绍，引起了一片惊讶和轰动。中国政府放弃对日军侵华的战争索赔，相对于日本政府在甲午战争后从中国狠狠刮走的整整三年全部国库收入的巨款，红色大国的国际主义慷慨情怀更使他们倍觉温暖。

在当时很多日本知识分子看来，中国是一个神话，实施了刚好是日本所缺位的社会大变革。虽然这个国家还较为清贫，但它代表着最优越的制度和最崇高的精神，是一片燃烧着人类希望的社会主义圣土。不难理解，当庆祝"四人帮"下台的锣鼓鞭炮在北京爆响，当中国诸多问题随后在媒体上曝光，海峡那边很多日本人，与其说是震惊，不如说更多一些绝望和迷惘。他们一时无话可说。

他们再一次与中国失之交臂。如果说多年前，中国众多知识分子曾把日本视为模范和老师，一批批漂洋过海去求取启蒙和维新的救国之道，后来却被日本的大炮轰隆隆迎头痛击；那么现在，众多日本的知识分子也曾把中国视为模范和老师，一批批漂洋过海来寻找独立和革命的救国之道，最终却被中国突然亮出来的累累伤痕吓得浑身冰凉。

历史再一次在这两个民族之间开了个玩笑：继中国误解"先进"的日本以后，日本也误解了"先进"的中国。一个维新梦，一个革命梦，先后在很多人那里破灭。双方不得不从头开始，不得不重新开始相互认识的漫长过程。

一个世纪以来的中日关系，不同于英、美之间的关系，不同于印、巴或希、土之间的关系，相互之间除了正常的利益摩擦，同为亚洲国家，其交往动机中更暗伏一种发展道路、社会制度的寻优和竞比。意识形态曾带来各种玫瑰色的浪漫幻想，一旦幻想破灭，意识形态放大器便会大大膨胀怨恨或者轻蔑，加剧两国关系的震荡。从"停滞落后的支那"（津田左右吉氏语）到"一无是处的日本"（竹内好语），资本主义的价值尺度可以更换成社会主义的价值尺度，穷人革命可以取代富人维新；但这种取代，往往只是使"先进／落后"的视轴来了一个上下倒置，源自欧洲的单元直线历史观一如既往，一心追赶先进文明的亚洲式焦虑与迫切也一如既往。

　　向西方看齐的意识和潜意识是如此深入人心，自卑的亚洲人免不了有点慌不择路，免不了一次次心理高热后随之而来的骤冷酷寒。

　　加藤的父母亲向我讲述他们在北京目睹 1976 年的中国，目睹北京市民连夜庆祝游行时激动的泪水，当时感受十分复杂。他们既无意拥护日本一些左派朋友对江青的崇拜和声援，也无法认同一些右派朋友对中国革命的幸灾乐祸，还有对中国文化的顺手诛杀。他们几乎再一次听到了当年中日战争爆发的炮声，一时颇有些手足无措。

　　中国革命的这次重挫，不能不启动思想和情感上的地壳运动，中日关系再一次山重水复。几年或十几年后就可看得明白，"进步／落后"的标尺在上世纪两度失效之后仍未废弃，且在东欧剧变和苏联解体后更增神威，正迅速比量出各种歧视的最新根据。某些日本人的"侵略有功"论和中国人的"殖民不够"论，都重新复活了。日本政府可以就殖民和战争问题向韩国正式道歉，而至今一再闪过中国，厚此薄彼的反常，一直受到日本国内舆论主流的纵容。这里的潜台词十分清楚：赤色支那无权受此大礼。

　　有意思的是，被轻蔑者有时也能熟练运用轻蔑的逻辑。很多中国人此时虽身处十年动乱后的贫困，但即使在全中国泛滥着丰田汽车、索尼电视、本田摩托、尼康相机、富士胶卷、东芝电脑以及卡拉 OK 的时候，不少人对"小日本"的轻蔑也暗中储备，常一触即发，与他们对欧美的全心爱慕大有区别。他们崇美而贬日，厚西洋而薄东洋，能忍美国之强霸，却难容日本之错失。他们模糊的历史记忆里，不便明言的潜台词耐人寻味。他们不过是流露出一种日本人同样熟悉的法则，不过是觉得自家邻居的黄皮肤和黑头发不足为奇，也不足为尊，无法代表最先进的文明和人种，因此必须扣分降级。"小日本"不就是有几个臭钱吗？日本的现代化虽让人眼红，但仍不足以改变"假洋鬼子"的二等身份，有什么资格在我们面前牛皮哄哄？

这样，自以为已"脱亚入欧"的很多日本人觉得无须再高看中国，而渴求"全盘西化"的很多中国人从另一个层面上，把轻蔑目光奉还给日本，不接受日本的高人一等。歧视"落后"的飞去来器，伤人最终伤己。两个文化相近、经济相依的邻国，两个地理上仅一水相隔的邻邦，反而面临着越来越遥远的心理距离。

加藤的父母无法改变历史，他们复杂的感受看来只能深埋内心。他们拥抱中国的努力，包括他们翻译的毛泽东文选和其他中国著作，还有对中国技工赴日培训等各项友好事业的全身心投入，无法不承受着越来越多的讥嘲：这些傻书生，他们当时不是可以享受日本的富足繁荣吗？不是可以吃香喝辣、披金戴玉、"条条大路有丰田"吗？他们为什么跑来中国瞎折腾？

何况他们对于中国似乎无恩可报，倒是有伤难愈。加藤母亲的童年是在中国监狱里开始的。加藤外祖父是在中国被处决的。中国东北的档案馆里至今还保存着他的罪案卷宗，其中指控他聚敛民财和三妻六妾之类均属不实之词，但这些旧账不可能得到重审甄别——档案馆的官员这样冷冷地告诉他们。

哈尔滨，外祖父屈辱的葬身之地。加藤一家今后是不会再去那个地方的。那么中国呢，外祖父没有写完的故事在这里再一次面临无限空白。加藤一家在北京打点行装，是不是该再一次告别这片大陆？

四

我没有见过面的一位姐姐和一位哥哥，死在日机轰炸下的难民人流里。我岳父的堂兄也是在日军湖南南县大屠杀时饮弹身亡，尸骨无存。这使我在东京成田机场听到日本话和看到日本国旗时心绪复杂。

新千年的第一天竟在日出之国度过，是我没想到的。由于汉文化的农历新年已退出日本国民习俗，得不到法律的承认，西历亦即公历的新年便成了这个国家最重要而且最隆重的节日。政府、公司、学校都放了一周左右的长假，人们纷纷归家与亲人团聚。街上到处挂起了红色或白色的灯笼，还有各种有关"初诣"（新年）的贺词。但一个中国人也许会感受到喜庆之中的几分清寂，比如这里的新年没有中国那种喧闹而多一些安静，没有中国那种奢华而多一些俭约，连国家电视台里的新年晚会，也没有中国那种常见的金碧辉煌流光溢彩花团锦簇，只有一些歌手未免寻常的年度歌赛。如果说中国的除夕像一桌豪华大宴，那么此地的除夕则如一杯清茶，似乎更适合人们在榻榻米上，正襟危坐，静静品尝。

我在沉沉夜幕中找到加藤一家，献上了一束鲜花，意在表达一个中国人对他们无言的感激。我知道我们之间横亘着将近一个世纪的纷乱历史，纷乱得实在让人无法言说唯有长叹，但人们毕竟可以用一束鲜花，用一瞬间会意的对视，重新开始相互的理解。

让我们重新开始。

加藤的母亲请我吃年糕，是按照外祖母的吩咐做成的，白萝卜和红萝卜都切成了花。用中国人的标准来看，这种米粑煮萝卜的年饭别具一格，堪称素雅甚至简朴。其实日本料理虽有精致的形式，但大多有清淡的底蕴。生鱼、大酱汤、米饭团子，即使再加上荷兰人或葡萄牙人传来的油炸什锦（天妇罗），也依然形不成什么菜系，不足以满足富豪们的饕餮味觉。这大概也就是日本菜不能像中国菜、法国菜那样风行世界的原因。

同样用中国人的标准来看，日本传统的服饰也相当简朴。在博物馆里，女人足下的木屐，不过是两横一竖的三块木板，还缺乏鞋子的成熟概念。男人们身上的裤子，多是相扑选手们挂着的那种两条相交布带，也缺乏裤子的成熟形态。被称作"和服"或者"吴服"的长袍，当然算是服饰经典了，但在十八世纪的设计师们将其改造之前，这种长袍尚无衣扣，只能靠腰带一束而就，多少有些临时和草率的意味。

日本传统的家居陈设仍然简朴。法国历史学家费尔南·布罗代尔曾指出，家具的高位化/低位化是文明成熟与否的标志，这一标准使榻榻米只能低就，无法与中国民间多见的太师椅、八仙桌、龙凤雕床比肩。也许是空间窄逼的原因，日本传统民宅里似乎不可能陈设太多的家具，人们习惯于席地而坐，席地而卧，习惯于四壁之内空空如也。门窗栋梁也多为木质原色，透出一种似有似无的山林清香，少见花哨富丽的油漆覆盖。

我们还可以谈到简朴的神教，简朴的歌舞伎，简朴的宫廷仪轨，简朴得充满泥土气息的各种日本姓氏……由此不难理解，在日本大阪泉北丘陵一次史无前例的大规模遗址发掘中，覆盖数平方公里的搜寻，只发现了一些相当原始的石器和陶器，未能找到任何有艺术色彩的加工品，或稍稍精巧一些的器具。对比意大利的庞贝遗址，对比中国的汉墓、秦俑以及殷墟，一片白茫茫的干净大地不能不让人扫兴和心惊。正是在这里，一个多次往地下偷偷埋设假文物的日本教授最近被揭露，成为轰动媒体的奇闻。其实，从某种意义上来说，这位考古学家也许是对日本的过去于心不甘，荒唐中杂有一种殊可理解的隐痛。

从西汉雄钟巨鼎旁走来的中国人，从盛唐金宫玉殿下走来的中国人，从南宋画舫笙歌花影粉雾中走来的中国人，遥望九州岛往日的简朴岁月，难免有一种面对化外之地的不以为意。这当然是一种轻薄。成熟常常通向腐烂，历史的辩证法就是如此。在人类漫长的历史上，山姆挫败英伦，蛮族征服罗马，满人亡了大明，都是所谓成熟不敌粗粝和中心不敌边缘的例证。在这里，我不知道是日本的清苦逼出了日本的崛起，还是日本的崛起反过来要求国民们节衣缩食习惯清苦。但日本在二十世纪成为全球经济巨人之一，原因方方面面，我们面前一件件器物或能提供部分可供侦破的密码。这样一个岛国，确实没有过大唐的繁荣乃至奢靡，古代的日本很可能清贫乃至清苦。但苦能生忍耐之力，苦能生奋发之志，苦能生尚智勤学之风，苦能生守纪抱团之习，大和民族在世界东方最先强大起来，最先交出了亚洲人跨入工业化的高分答卷，如果不是发端于一个粗粝的、边缘的、清苦的过去，倒可能成为一件不合常理的事。

明治维新之后，日本内有粮荒，外有敌患，但教育法规已严厉推行：孩子不读书，父母必须入狱服刑。如此严刑峻法显然透出了一个民族卧薪尝胆的决绝之心。直到今天，日本这一教育神圣的传统仍在惯性延续，体现为对教育的巨额投入，教师们的优厚待遇，每位读书人的浩繁藏书，还有全社会不分男女老幼的读书风尚：一天上下班坐车时间内读完一本书司空见惯，一个少女用七八个进修项目把自己的休息时间全部填满纯属正常，一个退休者不花点钱去学点什么，可能就会被邻人和友人侧目——即便这种学习有时既无明确目的，也派不上什么用场。日本人似有一种与生俱来的危机感，恨不得把一分钟掰成两分钟过，恨不得把全世界的知识一股脑学完，永远不落人后。

这种日本的清苦成就了一个武士传统。"士农工商"，日本的"士"为武士而非文士，奉行王道而非儒学，与中国的文儒路线迥然有别。日本的武士集团拥天皇以除（德川）幕府，成功实现明治维新，一直是举足轻重的政治力量，并且主导着武士道的精神文化，包括在尊王攘夷的前提下，吸收"汉才"以及"（荷）兰学"（即当时的西学），在很多人眼里几乎就是大和魂的象征。这个传统几乎不可避免地导致了日本现代的军人政治和军国主义，导致了"神风敢死队"之类重死轻生的战争疯狂行为，直到二战结束，才在"和平宪法"下被迫退出历史舞台。然而这一传统的影响源远流长，在后来的日子里，修宪强军的暗潮起伏不止，无论是极左派还是极右派，丢炸弹、搞暗杀的恐怖行为也层出不穷，连著名作家三岛由纪夫也在和平的 70 年代初切腹自裁，采取了当年日军官兵常见的参政方式。他们的政治立场可以不同，但共同的激烈和急迫，共同的争强好斗、勇武刚毅甚至冷酷无情，都显现出武士传统的一线遗脉。

日本的清苦还成就了一个职人传统。职人就是工匠。君子不器，重道轻术，这些中国儒生的饱暖之议在日本影响甚微。基于生存的实用需求，日本的各业职人一直广受尊重，在江户时代已成为社会的活跃细胞和坚实基础。行规严密，品牌稳定，师承有绪，职责分明，立德敬业，学深艺精，使各种手工业作坊逐渐形成规模，一旦嫁接西方的贸易和技术，立刻顺理成章地蛹化为成批的工程师和产业技工，一直延伸到日本 20 世纪 60 年代后的经济起飞。直到今天，日本企业的终身制和家族氛围，日本企业的森严等级和人脉网络，还有日本座座高楼中员工们在下班后习惯性义务加班的灯火通明，都留下了封建行帮时代职人的遗迹。日本不一定被人视为世界上的思想文化大国，但它完全具有成为技术强国的传统依托和习俗资源。造出比法国埃菲尔铁塔更高的铁塔，造出比美国通用汽车更好的汽车，造出当今世界首屈一指的新干线、机器人、高清电视等，对于职人的后代来说，大概都无足称奇。从这个角度说，与其说资本主义给日本换了血，不如说日本的人文土壤，使资本主义工业化得以扎根，且发生了变异性的开花结果。

有趣的比较是：中国自古以来没有武士传统，却有庞大的儒生阶层；缺少职人传统，却有浩如海洋的小农大众。因此，中国历史上少见武士化的职人和职人化的武士，日本历史上也少见儒生化的农民和农民化的儒生。儒生＋农民的革命，武士＋职人的维新——也许，撇开其他条件不说，撇开外来的意识形态影响不说，光是这两条，就足以使两国的现代形态生出大差别。与其说这种差别是政治角力的结果，不如说这种差别更像是受到了传统势能的暗中制约，受到地理、人口、发展机遇、人文传统等一系列因素的综合作用。

事情似乎是这样，种子在土地里而不能在石块上发芽，在不同土壤里也不可能得到同样的收成。人们在差不多一个世纪以来的制度崇拜，包括有关姓"社"还是姓"资"的简单化纠缠，常常遮蔽了所谓制度后面更多隐形的历史因缘。

整个20世纪90年代，日本的经济在徘徊萧条中度过，让很多中国人也困惑不已。想一想，是不是日本武士和职人的两大传统在百年之间已能量耗尽？或者说，是不是这些文化能量已经不再够用？

情况在变化。科学正在被自己孕育出来的拜物教所畸变，民主正在被自己催养出来的个人主义所腐蚀，市场正在被自己呼唤出来的消费主义巨魔所动摇和残害。情况还在继续变化，包括绿色食品的原始和电子网络的锐进并行不悖，全球化和民族主义交织如麻。进入一个技术、文化、政治、社会都在深刻变化和重组的新世纪，日本是不是需要新的人文动力？比方说，是不是需要在武士的激烈急迫之外多一点从容和持守？是不是需要在职人的精密勤勉之外多一点想象和玄思？

还比方说，日本是不是需要在追逐"先进"文明的狂跑中冷静片刻，重新确定一下自己真正应该去而且可能去的目标？

五

加藤说，东京各路地铁每天早上是万头攒动，很多车站不得不雇一些大汉把乘客往车门里硬塞，使每个车厢都像沙丁鱼罐头一样挤得密不透风，西装革履的上班族鼻子对鼻子，几乎都被压成了人干。但无论怎样挤，密密人海居然可以一声不响，静得连绣花针落地好像都能听见，完全是一支令行禁止的经济十字军。这就是日本。

我说，中国各个城市每天早上是老人的世界，扭大秧歌的，唱京戏的，跳国标舞的，打太极拳的，下棋打牌的，无所不有。这些自娱自乐的活动均无商业化收费，更不产生什么GDP，但让很多老人活得舒筋活络，心安体泰，鹤发童颜。当年繁华金陵或者喧闹长安，市民们的尽兴逍遥想必也不过如此。这就是中国。

加藤说，很多日本人自我压抑，妻子不敢冒犯丈夫，学生不敢顶撞老师，下属更不敢违抗上司，委屈和烦恼只能自己一个人吞咽。因此日本的男人爱喝酒，有时下班后要坐几个酒店喝几种酒，喝得领带倒挂、眼斜嘴歪、胡言乱语，完全是一种不可少的发泄。提供更多解闷的商业服务也就出现了，你出钱就可以去砸东西，出钱就可以去骂人，客人一定可以在那里购得短时的尊严和痛快。这就是日本。

我说，很多中国人处世圆滑，毫无原则但也不拘教条，包括日本军队侵华时，中国伪军数量之多和易帜之快一定创世界之最。这些伪军中当然有附强欺弱的人渣，但也有不少人不过是脆卵避石，屈辱降敌并不妨碍他们后来明从暗拒阳奉阴违，甚至给日军使阴招下绊子，私通八路见机举义，直到最后投靠安全和实惠的真理。这些人似有多重人格，当不成烈士却也不一定全无心肝。他们到底是见风使舵投机自保，还是借力用力以柔克刚？连他们自己也不一定能明白。这也是中国。

　　加藤还说了很多。他说到加藤家先人是德川幕府的重臣，因而是明治维新中的反动派；说到东京禁用廉价汽油，名为加强环保实则是欺压穷人；还说到最近东大学生发明了一种软件，可把任何文章都转换成校长大人可笑的文体……说得我不免大笑。

　　但他和我都知道，无论怎样说下去，我们都是瞎子摸象，无法把中国或者日本完全说清楚。

　　加藤还是操一口纯正的京片子。他带我去参观东京博物馆。我们在这里遇到一群日本少男少女，像中国的很多同辈人一样，他们中也有好些人把头发染成黄色，以宣示新人类或新新人类离经叛道的美学，更宣示他们对欧美文明的向往。有意思的是，就是跟着这些向往，跟着这些化学工业造就的黄头发，我们走到博物馆最后一个展区，突然看到美军飞机在二战后期对东京等日本城市的轰炸。这里没有解说员，简略的几张图片下也没有详尽的说明文字。博物馆似乎对那一段历史既无法回避，又须尽量保持沉默，对当年十几个城市的遍地废墟闪烁其词——美国毕竟是当今日本最重要的盟国。但馆内扬声器里，持续不断地传出当年的实况录音，有警报的尖啸，有战机的俯冲和射击，有炸弹的爆炸，隐约可闻楼房坍塌和日语形成的哭喊，然后又是连绵不绝的嘈杂音响。

这种令人惊悚的录音在这里已经回响了多年，看来还将永远地在东京这一角飞绕盘旋下去，成为很多日本人偷偷咽入内心的永恒凄泣。

我不知道设计者当时为什么安排了这样一个录音馆。设计者是要让人们记住什么？而眼前这些黄发少年，对这种地狱声效又有何感受？

我们就要分手了。

我对青年加藤说，海南三亚也有穆斯林居住，欢迎他以后来海南做调查研究。我希望他能在海南或别的地方留下加藤家第三代人的中国故事。来日方长，这个故事才刚刚开始。

2001 年 2 月

（最初发表于 2001 年《天涯》杂志，已译成日文境外发表。）

守住秘密的舞蹈

总统的尴尬

飞行三个半小时，转机等候四小时；

再飞行十四小时，转机等候五小时；

再飞行九小时……差不多昏天黑地两昼夜后，飞机前面才是遥遥在望的安第斯山脉西麓，被人称为"世界尽头"的远方。

随着一次次转机，乘客里中国人的面孔渐少，然后日本人和韩国人也消失了，甚至连说英语的嘴也越来越少，耳边全是叽叽喳喳的异声，大概是西班牙语或印第安土语，一种深不见底的陌生。但旅行大体还算顺利。只是不再有机场提供行李车，行李传送带也少得可怜，以致旅客们拥挤不堪热汗大冒，一位机场人员还把我和妻子的护照翻来翻去，顿时换上严厉目光："签证！"

我有点奇怪，把美国签证翻给他看，告诉他数月前贵国早已开始对这种签证予以免签认可。

他似乎听不懂英语，又把护照翻了翻，将我们带到另一房间，在电脑上噼里啪啦查找了一阵，没查出下文；翻阅一堆文件，还是没找出下文，最后打了一个电话，这才犹犹豫豫地摆摆头，让我们过了。

这哥们儿对业务也太生疏了吧？

这几个月里他就没带脑子来上过班？

接待我们的 S 先生听说这事哈哈一笑，说智利的空港管理已属上乘，拉美式的乱劲儿应该最少。想想不久前吧，中国总理前来正式访问，女总统亲自主持的迎宾大典上也大出状况，音响设备播放不出国歌。有关人员急得钻地缝的心都有。中国总理久等无奈，只好建议，不要紧，我们来唱吧。女总统于是事后向歌唱者们一再道歉和感谢：你们今天真是帮了我一个大忙啊。

这一类事见多了也就没脾气了。临到开会了会议室还大门紧锁，钥匙也不知放在何处。好容易办妥了留学签证和入学手续，上课一天后却不知去向。约会迟到不超过半小时的，已是这里最好的客户。领工资后第二天还能在酩酊大醉中醒来上班的，已是这里最好的员工。你能怎么样？一位在墨西哥打拼多年的广东 B 老板还说，有一次，几个有头有脸的墨方商业伙伴很想同中国做生意，他把他们带到广交会，特地设一豪宴，替他们联系了局长、副市长什么的，但等到最后也没等来求见者。更气人的是，事后问他们为何失约，为何关手机，他们在夜总会玩得正爽，笑一笑，就算是解释了。

B 老板说，笑笑还是好的呢，不然他们会搬出九十九个理由来证明自己根本没错，比如中国人为什么要做金钱的奴隶？

其实拉美人不都是这样粗枝大叶、吊儿郎当、寻欢作乐甚至好吃懒做，不都是"信天游""神逻辑"的主儿。但放眼全世界，连智利这样高度欧化的国家也有盛典上的离奇尴尬，其他地方掉链子的还会少？

军人政权频现大概也就事出有因了。在过往的百年动荡里，大凡后发展国家都挣扎于农业文明溃烂过程中的贫穷和愚昧，面对社会"一盘散沙"的难题。要聚沙成塔，要化沙为石，要获得一种起码的组织化和执行力，如果不倚重政党（如俄罗斯、中国等）和宗教（如伊朗等），大概就不能不想到军人了。当混乱与高压的两害相权，总得挑一个轻。当自由与温饱无法两全，光在理论上把它们捏拢了搓圆了，又管什么用？军队是一道整齐而凌厉的色彩，具有统一建制、严格纪律以及强制手段，配以先进通信工具，还有大多数领军人的较高学历。一旦遭遇社会危机，这道色彩便最容易在各种力量的竞争中脱颖而出，成为碎片化社会最后的应急手段。于是，城头变幻大王旗，炮声是最有效的发言，右翼的布兰科（巴西）、翁加尼亚（阿根廷）、阿马斯（危地马拉）、阿尔瓦雷斯（乌拉圭）、德·弗朗西亚（巴拉圭）等，左翼或偏左翼的贝拉斯科（秘鲁）、卡斯特罗（古巴）、阿本斯（危地马拉）、贝隆（阿根廷）等，都是穿一身戎装走向国家政治权力巅峰。

中国人所熟悉的切·格瓦拉，记忆中定格为头戴贝雷帽的那位现代派耶稣，日后被流行文化不断炒卖的那位正义男神，献身于玻利维亚山地战场，其实也是这众多故事中未完成的一个。

与格瓦拉不同，智利前陆军总司令皮诺切特得到了美国中情局的支持。他用坦克攻下了国防部，然后下令两架英国造的"猎鹰"战斗机升空，至少向总统府所在的拉莫内达宫发射了十八枚导弹，一举剿灭了民选总统阿连德——这件事曾在中国广为人知。这一幕狂轰滥炸，我在四十多年后聂鲁达博物馆的小电影上才得以目睹。播映厅里突然浓烟四起。观众面前的飞机俯冲尖啸。当时头戴钢盔的总统拒绝投降，操一把 AK-47，率几十个官兵正在做最后抵抗，再一次留下现代骑士的悲壮身影。作为他的密友，获得诺贝尔文学奖的社会主义者，聂鲁达却帮不上什么忙。他所能做的，就是坐在我眼下抵达的这个海滨别墅，这个著名的船形爱巢，在政变的十二天后郁郁而终。他留下了第三任漂亮的妻子和桌上大堆的革命诗和爱情诗。

有意思的是，皮诺切特以密捕和暗杀著称，欠下了三千多（另一说是两万多）条人命的血债，日后受到国际社会几乎一致的谴责。但他的经济政策在智利一直陷入争议。至少很多人认为，正是他治下十七年的强制改革，使自由化行之有效，赢得了经济提速，奠定了日后繁荣的基础——这样说，是不是不够"政治正确"？是不是涉嫌给恶名昭昭的军人独裁洗地？其实危地马拉人评价他们的前总统阿本斯也是如此。尽管很多人厌恶那位左翼军头的土地改革、没收买办资产、反殖反美的外交政策，恨不能将其批倒斗臭，但大多数还是承认，至少是私下承认，他左右政局的十年（1944年—1954年）算得上该国历史上最为光辉的十年——这事又能不能说？

眼下，无论左翼右翼，将军、校尉们的背影都逐渐远去，太多往事成了一笔糊涂账。很多当事人已不愿向后人讲述当年。何况流行的这主义那主义，已把往事越说越乱，越说越说不清了。

"谁是皮诺切特？"一对智利青年男女面面相觑，没法回答我的问题，只能在酒吧里继续玩手机。

"甲级联赛里没一个这样的球星啊。"另一位睁大眼睛。

我没法往下问。

拉莫内达宫在窗外那边一片清冷，早已消除了墙垣上的累累弹痕，只有一群鸽子腾空而起悠悠地绕飞。

群楼的天际线那边

飞机降落哥伦比亚首都波哥大，夜幕缓缓落下了。时间还早，但这个七百万居民的大都市已静如死水，连中央闹市区的街面也空空荡荡，除了昏昏路灯下三两黑影闪现，大概是流浪汉或吸毒者。商家们都已关门闭户，到处一片黑灯瞎火，连吃个三明治的地方也没法找。我们没备随身食品，看来今天得苦苦地饿上一夜了。

一个特别漫长和寂静的夜晚。

受饿的原因不难猜想。第二天一早，发现宾馆大门以紧锁为常态，保安大汉须逐一验明客人身份才放行出入。几乎每个小店都布下了粗大的钢铁栅栏，用来隔离买卖双方，以致走入店铺都有一种探监的味道。陪同我们的S女士感叹，哥伦比亚诞生了文学巨匠加西亚·马尔克斯，却以毒品和犯罪率闻名于世。不要说街头抢劫，就是入室打劫，我的妈，她刚来两个月就有幸领教过一回。

在她的指导下，我们绷紧神经，全面加强戒护，但百密难免一疏，躲过了初一没躲过十五。到麦德林的第三天，时时紧揩的挎包还在，单反相机等也一五一十安然无恙，但就在挤上轻轨车的瞬间，导游的手机还是不翼而飞。

他是热心前来带我们观光的一位前外交官。

我们觉得很对不起他。

我们由轻轨转乘缆车，很快就腾空而起，越过屋顶和街市，进入了麦德林楼群天际线的那一边。恍若天塌地陷，轰的一声，浩如烟海的棚户区突然在眼前炸开，顺着山坡呼啦啦狂泻而下，放大成脚底下清晰可见的贫民窟，一窝又一窝，一堆又一堆，一片又一片，似乎永无尽头。砖头压住的铁皮棚盖，偏偏欲倒的杂货店，戏耍街头的泥娃子，扭成乱麻的墙头电线，三五成群的无业者，还有随处可见的污水和垃圾……梅斯蒂索（混血群体）的妖娆脸型和挺拔身姿，就是高鼻、卷发、翘臀、长腿的那种，出入这一片垃圾场，注解了欧洲血脉的另一种命运，足以让很多中国人恍惚莫名，也惊讶不已。

据联合国机构估计，超过1/4的拉美城市居民住在这种建筑的"矮丛林"①，构成了包围一座座城市的贫困海洋，其中以里约热内卢和墨西哥城的巨大规模最为壮观。照理说，巴西和墨西哥，两个地区强国被很多拉美人一直视为"次等帝国主义"，二鬼子似的角色，够风光的，够牛气的，它们尚且如此，麦德林这一角又算得了什么？连阿根廷这个二战结束时的世界经济十强之一，拉美的白富美和高大帅，也野蛮地逆生长，从一个发达国家一路打拼成发展中国家，一度下探至年人均产值两千多美元（2002 年），麦德林又能怎么样？

显而易见的是，失败的农业政策抛出了失地农民大潮，虚弱的工业体系又无法将其吸纳，只能把他们冷冷地阻挡在此。各种相关的改革半途而废。说好的"涓滴效应"并未显灵，利润并未自动得到扩散和分享，至少未能越过城市群楼的天际线。都市资产阶级这匹小马，"还未发育就已经衰老"（加莱亚诺语），怎么也拉不动贫民窟郊区这辆大车。

一座摩登建筑光鲜亮丽，鹤立鸡群，冲着我们放大而来。导游说，这并非本地贩毒集团的善举（这样的善举有过一些），而是欧洲某国援建的一个图书馆。这事当然值得鼓掌和献花——教育扶贫不失为国际会议上的高尚话题。但图书馆情怀可感，一尊高冷的知识女神却有点高不可攀，与四周棚户区的生硬拼贴让人困惑。想想吧，当西方强国数百年来强立各种城下之盟，把拉美脆弱的国家主权像钟表零件一样一个个拆卸，靠一种低价购买资源／高价倾销商品的简单模式，包括用炮舰和奴隶制开启这种模式，用银行家、技术专利、跨国公司、国际货币基金组织延续这种模式，从这里吸走了海量的土地、黄金、白银、矿石、蔗糖、石油、木材、咖啡之后，再戳几个孤零零的情怀亮点，

---

① 引自《拉丁美洲:被切开的血管》，加莱亚诺著，王玫等译，人民文学出版社，2001 年版。

是否更像富人的道德形象工程，不过是捐赠者玩一把风度自拍？

几个图书馆真是法力无边，能释放神奇的爱和知识，一举化解掉这遍地黑压压脏兮兮的经济发展废料？

即使它们能哺育出来一些大学生，谁能保证他们不会再一次迅速流失，不过是为强国及时供应的小秘或"码奴"（程序员）？

"中等收入陷阱"，就是最先用来描述拉美的流行概念。这种含糊的说法常把板子打在穷国自己身上，只说其一不说其二，似乎并未揭破事情的最大真相。很多拉美人不会忘记，获过诺贝尔和平奖的美国总统西奥多·罗斯福曾自豪地宣告"我拿到了运河"，引来美国听众们的如潮欢呼。这话的意思是，他成功地肢解了大哥伦比亚，实现了巴拿马的分离，获得了一条连接两大洋的战略性通道。作为对受害国的补偿，美国只是支付了 2500 万美元。

差不多也就是一个图书馆的价格。

西蒙·玻利瓦尔（1783 年—1830 年）被誉为"南方的华盛顿"，以一生见证了拉美的旧痛新伤，一次次资本盛宴留下的满目苍凉。这位被委内瑞拉、秘鲁、哥伦比亚、厄瓜多尔、玻利维亚、巴拿马六国所共尊的民族之父，眼下已化为广场上神色忧郁的雕像。他曾目睹油田和矿井积尘弥漫，街道满是泥泞，商店已成瓦砾，旧楼房千疮百孔。一些失业者携带钢丝锯潜入臭水潭，把废弃的油管或井架一节节锯下来，当废铁变卖以聊补生计。一座座被掏空的矿区陆续坍塌，把美丽山峰塌得面目全非，只剩一个空架子。据说每到风雨之夜，人们就能在这里听到往日机器的震天轰鸣，听到当年神父为死亡奴工们做弥撒的呼号，看到天空闪电中一张张布满血污的脸。

孤独的雕像当年还看见了复活节前的情景，原住民在游行队伍中演示一种奇怪仪式，一种恐怖的集体受虐狂热。他们背负沉重的十字架艰难前行，用鞭子猛烈抽打自己，抽得自己全身皮开肉绽，似乎在渴求死神早一点降临。"太好了！我感到天越降越低，末日要降临了！我信仰虔诚！我盼望接受审判！"一个印第安后裔喜极而泣地这样呼喊。

民族之父闭上了眼睛，临终前对一位叫乌达内塔的将军说：

我们永远不会幸福。

永远不会！

似乎是印证雕像的那一预言，很多拉美人日后不幸沦为罪犯。有人说，法律在拉美"得到尊重但不必执行"。在正义和罪恶之间，一些游击队形象模糊，出没于山地或丛林，用血与火发泄深仇大恨，偶尔或经常靠毒品交易支撑财务（有些政府也如此）。共产主义，自由主义，民族主义……他们旗号各别，但似乎并未把旗号真当回事，没怎么过脑子，无法将其落实为有效的社会建设。"大猩猩中尉""讨厌鬼""秃鹰""红皮人""吸血鬼""黑鸟""平川让人恐惧"……他们的首领绰号也大多这样，更像是出自神话、梦幻以及醉酒，有怪力乱神之风。不用说，随着全球思潮的转向，随着政府军逐渐增添了震爆弹、直升机、卫星制导技术，流寇们不大容易成气候，有关故事正越来越少。

如果"共产主义""自由主义""民族主义"这些外来词不好使，多少有点水土不服，总是用着用着就串味，那么天主教当然是更便捷的思想资源。天主教在拉美树大根深。1968年第二届拉美主教会议正是在麦德林召开，其文件中首次出现"解放"一词，涉及和平、公平正义、贫困、发展主义等尖锐话题，形成了"解放神学"的起点，亦为三年后古铁雷斯神父《解放神学》皇皇巨著的先声。这种神学强调穷人立场和社会行动，无疑是一种贫民窟的神学，宗教中最有现实关怀的一脉，最接近当代人文社会科学的一脉，其影响波及非洲和亚洲。

梵蒂冈教廷后来也对其给予部分包容。

不过，政教分离的传统毕竟在那里，正如我在麦德林的一座教堂里，曾听到神父如此循循善诱："可怜的人，亲爱的兄弟姐妹，你们不要害怕自己经受那么多痛苦。贫穷只是伤害了你们的身体，你们的灵魂却永远是自由的。""有那么一天，相信吧，你们也能飞往幸福的天堂。"显然，这种"解放"不还是远离人间而仍在天堂？

神父们披挂长袍，能抗议，能济贫，能抚慰众生，但他们能分身无数天地通吃，具体处理好金融危机、铁矿贸易、IT 技术、英阿两国争夺马岛之战这样的俗事？或者，能助产一种强大的社会思潮和社会运动，像当年新教伦理那样，助产"资本主义精神"（马克斯·韦伯语），进而翻开整个世界历史新的一页？像当年写下《太阳城》的康帕内拉修士和写下《乌托邦》的莫尔修士那样，助产一种共产主义理想，再现苏维埃运动的世纪赤潮？

我很好奇。

我只知道，贫民窟的神学，最终得用贫民窟的事实来检验和亲证。

南北渐行渐远

尤卡坦半岛的平原天高地阔，墨绿色热带丛林一望无际。常常是数百公里之内渺无人烟，也没有公路服务区和加油站。长途大巴不但要备足燃油，还须自备厕所，因为乘客一旦离开车厢，哪怕只走出七八步，也会立刻遭遇毒蚊的包围和攻击——看似宁静的风景里其实杀机四伏。

如果中途抛锚，唯一的脱险办法就是打电话，等待警方的拖车。

玛雅文化遗址奇琴伊察就坐落在这片丛林。这里有金字塔、天文台以及环形足球场。如果说医学曾领跑古老的印加文化，那么玛雅文化的强项无疑是天文学、建筑学以及艺术了。足球场的声学结构至今成谜。也就是面对石砌的四方看台，不知得助于何种巧妙的建筑设计，裁判位置上发出的人声，竟能清晰地传达给远远的球员，丝毫不输北京天坛的回音壁，相当于原始的扩音器。玛雅先民们的赛制也惊世骇俗：经过多番苦战后，当球队队长将球踢进高高的石圈，胜负决出，全场欢呼，这位明星队长得到的最终奖赏，竟是戴上花环后旋即被砍头——众多砍下的头颅已雕刻于石碑，组成了漫长碑廊，至今仍在昭示荣耀和幸福。

　　那一种幸福观，那一种逻辑和文明，只能让大多现代人惊疑。

　　玛雅有过巨大而繁荣的城市，但与印加文明、阿兹特克文明的命运相似，这一切长期被湮灭，直到很久后才得以部分发现。这也许是因为有关典籍和文物流散，也许是掩盖历史更有利于反衬外来殖民者的救世功德。确实，殖民者来了，从海平面那边来，带来了奇异和高效的犁、玻璃、火药、轮子、滑膛枪、大帆船，同时也带来了无情的战争屠杀，还有意外的生物灾难——据巴西人类学家达西·里贝罗在《印第安人与文明》中估计，由于对新的疾病没有任何抵抗力，近半数印第安人在接触白人后就苍蝇般地一堆堆死去。

　　不过，五千万（另一说为六千万）印第安人的消失主要发生在北美——否则，南边就不可能留下这么多混血的后代，不会流淌着这么多褐色面孔。一位读过《马桥词典》的读者说，这里有关混血的命名特别多。描述白男配褐女有一个词，描述白女配褐男又有一个词。描述混血二代配一褐另有其词，描述混血二代配一白也另有其词。还不够烦琐是吧？他们描述混血三代配一白或一褐，居然还是各有其词……他说，这与你那书中提到的海南岛渔民涉鱼词汇量特别大，可谓异曲同工。

据《全球通史》指认：殖民者在拉美杀人，比北美那边杀人相对要少。这一点值得重提。相对于培根、孟德斯鸠、休谟等新派精英一脸的冷傲，拒绝承认自己与新大陆"卑贱的人"同类，坚持三六九等人种分类的"科学"，倒是保守的梵蒂冈有点看不下去。教皇保罗三世于1537年发布圣谕，称印第安人为"真正的人"，建议以归化代替杀戮——这似乎对天主教所覆盖的拉美影响甚大，也戳痛了启蒙新派的一根软肋：几近给殖民暴力铺垫过理论依据。不出所料，后来有人怀疑这一圣谕的真实性，甚至怀疑相关说法不过是出于天主教对新教的嫌隙与成见，一如所有批评资本主义的言论，只要是出自梵蒂冈，都可能被疑为别有居心。怀疑者以此维护"启蒙 vs 保守"的标准化现代史观。但无论如何，档案馆里天主教传教士们（如卡萨斯等）的信件，载有对新教人士暴行的明确痛斥 ①，却是事实。上述有关混血的词汇遗存，也不失为相关证据。

在这种情况下，一个混血的拉美，一个褐色（为主）的拉美，与地图上那个白色（为主）的北美，逐渐形成了令人惊心的明显色差。哪一方杀人更多，眼下往摩肩接踵的大街上随便一看便知。

好吧，多杀和少杀都是杀，两大教派的道德总账也许不必细算。有意思的是，还是依《全球通史》的说法，有其利必有其弊，正因为南方殖民者杀人相对少，获得了大量廉价的劳动力，于是更容易远离劳动，更容易生活腐败。这真是又一次历史之手的戏弄。当北美十三个殖民地里热火朝天胼手胝足大生产之际，拉美的富人们在这里却有太多的黄金和白银，太多热带的肥田沃土，而且身处印第安人稠密区，

① 见《全球通史》，斯塔夫里阿诺斯著，吴象婴等译，北京大学出版社，2006年版。

有太多仆役可充当"白人的手和脚"……承蒙主恩，这样的好日子，当然只剩下闲逸、玩乐、艺术了。对于他们来说，改革和开拓不是什么急需，"技术女神不讲西班牙语"也没什么了不起。他们在深宅大院里花天酒地，看日升日落秋去春来，浑然不觉南北人口的明显色差，正一步步转换为南北经济的落差。

两个美洲从此分道扬镳，渐行渐远。

哥伦比亚安第斯大学 P 教授对我愤愤地说："技术？这里有什么技术？统统没有！"我以为自己听错了，后来才知并无大错。对方的意思是，拉美看上去越来越像"西方"的一大块郊区。在这一片文盲充斥的广阔地域，几十个国家捆在一起，其科研投入总量也仅及美国的1/200。地区经济巨头阿根廷，研发支出占国内生产总值的比重也不及韩国的1/6。就大部分国家而言，工业还处于初级加工的低端，大学里的理工系科很不像样，或干脆就没有，怎么也办不起来。巴西的钢铁、汽车、飞机一度领跑拉美经济，但也挡不住来自美国、德国、日本、韩国的进口品大规模覆盖，从天上到地下，眼看就要占领消费者们的全部视野。

但这并不妨碍人们穷且快活着，散漫且浪漫着。事情也许是这样，浪漫的另一面本就是散漫？闲得无聊、远离俗务、意乱情迷从来就是艺术的小秘密？好了，不管怎么说，拉美算得上五光十色的激情高产地。这是一个吉他的拉美，伦巴舞和桑巴舞的拉美，诗人帕斯的拉美，秘鲁领巾和巴拿马大草帽的拉美，麦当娜和嘻哈音乐的拉美，盛装狂欢节的拉美，魔幻现实主义小说人才辈出的拉美……墨西哥在多次民调①中，还显示出全球最高的国民幸福指数。没错，在这里走错路都能

① 麦当娜出生于美国，但作为意、法移民后裔，全家信奉天主教，有更多拉丁传统的背景和元素。

撞上美女，见识她们各种动人的线条，包括前汹涌后昂扬的妖艳 S，以至世界性的历届选美活动中，来自委内瑞拉和波多黎各的冠军频现。在绿茵场上，贝利、罗纳尔多、梅西等巨星所带来的拉美旋风，一再让全场球迷热血沸腾，鼓号齐鸣，声震如雷，天崩地裂，似乎不把球场折腾出东倒西歪之感，那就不叫看球；看球后不去鼻青脸肿口吐血沫地打一架，那也不是真正的球迷。干，干，干，往死里干，干那个猪屁股，你大爷来了就得这样干……他们所拥戴所欢呼的光辉雄性们，那些肌肉奔腾的豹子，因此屡屡得手，至少拿下国际足坛半壁江山（还未算上同有拉丁文化背景的西班牙、意大利、法国那些球星）。

涂鸦也是一种典型的散漫行为。它源于美国纽约的布朗克斯区，不过那个破街区恰好属于拉丁裔居民聚居区，就文化版图而言，相当于拉美的延伸——出于历史的原因，拉美有不少大大小小的文化 / 血缘飞地，遗落在美国那边。出入那里的臭小子们，简直如同原始人，随处涂画已成恶习，居然把象牙塔艺术从高贵的画院和博物馆里一把揪出来，放归草根大众，变成即兴的、不要钱的、狂放不羁甚至暴力的色彩。他们操着油彩喷枪探头探脑，喷出各种猥亵的、欢乐的、神秘的、天真的、愤怒的、恐怖的、绝望的、淫荡的、忧伤的匿名墙绘。巨鳄与精子齐飞。骷髅与鲜花共舞。骂娘与圣谕对飙。奇怪的是，这种放大版的"厕所艺术"，近乎艺术黑社会帮派的勾当，竟很快风行全美洲，传染到全球各地，几乎改变了所有都市的景观。一些惯犯还暗中联络，划定战区，分头出击，速战速决，一夜之间把某个城市的主要墙面全部重新涂鸦一遍——此之谓 All City Bomb，他们得意扬扬地"炸街"！

看这些墙绘，不免想起墨西哥的马科斯——其实也是一个"炸街"高手。这位哲学教授曾醉心于毛泽东和葛兰西的理论，出任萨帕塔解放军"副司令"，却从不说司令是谁，留下一个空白的符号。接下来，他蒙面、戴墨镜、挂耳麦、披挂子弹袋、操几种流利的外语，擅长使用儿童画和民谣，自称同性恋者和后冷战时代的共产党，又留下一个迷彩的符号。他领导了墨西哥恰帕斯州的原住民起义，于 2001 年 3 月 12 日那天一度攻入首都，引来十多万民众欢呼，狠狠地"炸"了一次街，"炸"了一次世界。连总统也不能不对他客气三分。但他的子弹袋里全是假弹，战士们手里也全是些木头刀枪，简直是一场起义秀的道具。用观察家们的话来说，用国际文化界最流行的概念来说，那不过是冲着万恶的资本主义世界，打了一场后现代主义的"符号战争"。

在纪录片《有一个地方叫恰帕斯》中，他回忆自己的一天：①

> 就像降落在另一颗行星。语言，环境是新的。你好像是外部世界的局外人。每一件事情都告诉你：离开。这是一个错误。你不属于这里。而且是以一种外语说的。但是他们让你知道，这里的人民，他们的行为方式；这里的天气；它下雨的方式；这里的阳光；这里的土地；它变泥泞的方式；这里的疾病；这里的昆虫；思乡病。你被告知，你不属于这里。如果那不是噩梦，那是什么？
>
> 这就是我们的日子，死者的日子。

几乎是魔幻现实主义作家们的语言。

事实上，他就是一个作家，出版过小说《不宁的死者》和诗歌散文集《我们的词语是我们的武器》。也许很多人不习惯这种语言，听不大明白，不易进入艺术化的政治，即那种博尔赫斯化或马尔克斯化的政治。但从墨西哥城万人空巷的盛况来看，从国内外媒体和艺术家们血脉偾张的激动来看，很多当地人倒是特别能听懂这种语言，与他灵

---

① 见戴锦华、刘健芝主编《蒙面骑士》，上海人民出版社，2006 年版。

犀相通。

虽然这种语言与政治家缜密和冷冽的思考相去甚远，与严密的组织、周密的谋略、可持续的政治运动相去甚远。

最终也未能争回多少原住民的土地。

故事从拉丁欧洲开始

德国学者韦伯曾把欧洲一分为二，在《新教伦理与资本主义精神》这本书里，称"几乎没有什么例外地可以发现这样一种状况：工商界领导人、资本占有者、近代企业中的高级技术工人，尤其是受过高等技术培训和商业培训的管理人员，绝大多数都是新教徒"。与此同时，"天主教徒很少有人从事资本主义的企业活动"①。

他的前一句，指向北方的英国、德国、瑞士以及北欧地区；后一句则指向南方的意大利、西班牙、葡萄牙、大部分法国等地。毫无疑问，在他的眼里，一条线画过去，前一个是"新教欧洲"，其优势是"理性化""理性化""理性化"（重要的事情说三遍），多见"集中精神""律己耐劳""责任感""严格计算""讲究信用""精明强干""冷酷无情的节俭"等人格特点，因此成为现代资本主义的伟大源头。至于后一个"天主教欧洲"，怎么说呢，完全是另外一回事了。

考虑到他的"天主教欧洲"与拉丁语族和拉丁文化的覆盖区大面积重合（爱尔兰等地除外），这一地域大概也可称为"拉丁欧洲"。

---

① 引自《新教伦理与资本主义精神》，马克斯·韦伯著，于晓、陈维纲等译，生活·读书·新知三联书店，1987年版。

不妨暂且这样约定。

很多东方人习惯于把欧洲打包处理，不注意韦伯的这一划分，就像很多西方人分不清中国的儒家和道教，分不清京剧和越剧，分不清山东人和广东人的脸型。这样的"西粉"或"中国通"都委实太多。韦伯大概最恼火这种混淆。事实上，从总体来说，新教欧洲一开始就压根儿瞧不起拉丁欧洲，甚至敌视这些无纪律、缺乏自觉性、只知寻欢作乐的懒汉，一些既不懂洛克（政治学）也不懂斯密（经济学）更不懂康德（哲学）的家伙。看看那些夸夸其谈情绪不定的破落骑士吧，多血质，好冲动，异想天开，只会"信天游"和"神逻辑"，充其量只配泡在剧场或酒店里玩一把激进艺术。那真是艺术吗？西班牙的《堂·吉诃德》和意大利的《十日谈》，早已透出了这种没落社会的气息。美酒、狂欢、奢侈品、巴洛克风格等，不过是这种精神衰亡的回光返照。在英、美输出的知识谱系里（见诸百度百科所列"字典上的解释"），弗拉明戈不仅仅被定义为西班牙歌舞，还被贬为一种可疑的人生态度："追求享乐，不事生产，放荡不羁"，"生活在法律边缘"——新教人士的嫌恶感已呼之欲出。可以想象，如果不是发现了新大陆，突然有了一大块缓冲空间，北方那些勤奋而冷峻的工业家，总有一天忍无可忍，肯定要把这些拉丁佬逐出欧洲——就像双方曾在共同的十字架下，横扫环地中海地区，联手把伊斯兰教成功地挤压出去。

历史没有出现那一幕，也许纯属偶然。

1588 年，英国大败西班牙。1815 年，英国大败法国。法国代办事后还在酒会上被英国外交大臣当面羞辱："好了，胜利的荣耀属于你们，不过随之而来的灾难和毁灭似乎毫无荣耀可言。恰恰相反，工业、贸易以及与日俱增的繁荣肯定属于我们！"

法国代办吞下了整个拉丁欧洲的羞辱。

此时欧洲人正在一窝蜂不断涌向新大陆。新教人群主要向北，拉丁人群主要向南，两个欧洲搞了一次分头对口输出。大体情况就是这样。新教人群胸怀上帝优等子民的使命感，还有实现理想的满满自信，在北方杀出了一片空荡荡的天地。即使买来一船船的非洲黑奴，人手还是明显不够。人工价格随之一直居高不下。依某些史家的说法，没有比美国人更爱发明机器的了，没有比美国人更爱劳动的了，其重要原因之一就在这里①。"劳动是最好的祈祷。"新英格兰人确实是这样说的。无耻的乞讨必须禁止，富人再有钱也必须自己动手干活，《英国济贫法》和《基督教指南》（巴克斯特②著）就是这样分别规定的。在这种情况下，新移民的生活图景逐渐别具一格。牛仔裤——打工仔的工装裤，后来几乎成为全民流行服，大败旧贵族的口味，却洋溢着劳动的自得和光荣。总统穿上它去盖房子，议员或教授穿上它来割草，都特别方便合适。高脚凳——适应一种半站半坐的姿势，一种没打算全身放松和持久放松的匆匆状态。喝一杯廉价啤酒或杜松子酒然后就要去干活的大忙人，最习惯这种屌丝支架，使之很快流行于各地酒吧，然后进入美国的大学、电台以及政府机构。还有快餐，特别是汉堡包——网上曾有一个段子如此调侃，"舌尖上的美国"无非就是大汉堡、小汉堡、圆汉堡、长汉堡、厚汉堡、薄汉堡……这说得很损。不过美国人的口味确实不能恭维。法国、意大利人眼中的这种"狗食"（笔者一位法国朋友语），居然一吃两百年，吃得一年四季一个样，吃得全国到处一个样，居然还吃得兴高采烈。哪怕身家万亿的大亨，比尔·盖茨和扎克伯格那种，一口气裸捐了万贯家财，也能把这单调得不能再单调的干粮吃得津津有味。唯一的解释：他们在这里不仅是吃汉堡，而且是吃

---

① 引自《全球通史》，斯塔夫里阿诺斯著，吴象婴等译，北京大学出版社，2006年版。

② R. 巴克斯特（1615年—1691年），著名清教神学家。

习惯，吃性格，吃文化，吃人生信仰，吃"天职"情怀，吃先民们"冷酷无情的节俭"（韦伯语）传统，吃新教伦理和资本主义精神的生理遗传——还能有别的解释？

韦伯并不否认新教欧洲与天主教欧洲之间文化的相互渗透，逐渐变得北中有南，南中有北，你中有我，我中有你。他也不否认资本主义正在被骄奢贪纵所败坏，一步步打了折扣。但"理性化"加上"劳动狂"，显然是他眼中新教伦理的价值核心，圣徒式资本主义的最大奥秘。

在这个意义上，美国发生于19世纪的南北战争，不过是两个欧洲的故事上演2.0版，是双方披上新马甲，在新大陆换一个场地再度交手。此时的美洲南北已分化为两个截然不同的世界。虽然李将军手下军官们的素质明显胜出，但骑士时代已经过去，代之而起的是经济学家们深思熟虑的历史新篇。新英格兰地区以强大的工具理性和经济产能，最终击溃了南方各州的冒险家、投机商、封建庄园主。战争的结果，是工业资本主义以关税法、宅地法以及幸运搭车的废奴法案，完全主导了美国的历史进程。不仅如此，这还无异于从墨西哥那里夺得加利福尼亚、内华达、犹他、科罗拉多、亚利桑那、新墨西哥以后，新教美国以制度和文化的胜利，确证了对拉丁佬们的全面优势，迅速巩固了南方的新边界。

墨西哥大幅度南移边界，得到的补偿只不过是1500万美元，外加325万美元的债务减免，差不多又是一个图书馆的价格。

再度交手的结果早有定数。

眼下，站在美国的南方海岸，一步跨到茫茫大海那边似乎也很容易，就像电子信号和喷气飞机去哪里都容易。墨西哥的坎昆，就是一个美国人常去的地方。一个以前的小渔村，转眼已变身为灿烂的国际旅游城市，宾馆区高楼竞立，差不多上千家一望无际，顶级品牌的酒店五光十色应有尽有。更有一些会员制的休闲庄园禁制森严，深不可测，豪车出入，一般的奔驰和宝马在那里都有点拿不出手。作为美国的"后花园"，美式英语是那里的通用语，白人们搭载着邮轮或私人飞机蜂拥而去，塞满了海滩、餐馆、大街、高尔夫球场。褐色的本地人当然有，但几乎都是小心翼翼的侍者、迅速闪避的保安员、清洁工、行李员、服务员、司机、船工，一旦碰到你的目光，便会友好地摇手和微笑。

生意这样火，旅游经济形势大好，他们为什么不笑？

比起很多失业者，他们得到小费后为什么不笑？

不过那种笑的规格统一，来得太密集和太迅速，不像是出于好客的天然，倒是出自某种训练和规定，不能不让人略有迟疑。也许，笑不应是单向的，不能是职业化的，得有些具体理由才对。在一般情况下，他们最好也把自己当成VIP，从邮轮或私人飞机上走下来的世界公民，轻松一些就好，平和沉静一些就够。遇到冒犯时大睁圆眼，用印第安土语大发一顿脾气，可能更给人亲切之感。

那样的南方其实更让人开心。

我心里这样说。

不要为我哭泣

"谁是皮诺切特？"

谁是洛克、斯密、康德……以及那个马克斯·韦伯？说那些老帮菜烦不烦？——很抱歉，女士们先生们，提到这些名字不合时宜，令人扫兴。很多人不会对这些感兴趣，不觉得这与他们所热爱的西方有一毛钱关系。

恰恰相反，在他们看来，事情很简单，太简单，"西方"就是不累人的好事，就是好事呀好事呀好事。西方就是摩天楼，就是豪华别墅，就是夜总会，就是 D 罩杯性感妞，就是动作大片，就是戴上墨镜去旅游，就是时尚消费杂志，就是最新款的平板电脑和智能手机，就是戴一顶华丽帽子的巴黎女郎感觉，束一条名牌领带的伦敦绅士感觉，喷几个顶级乐团的赫赫大名然后有登上世界文明顶峰的感觉。网上已有女大学生贴出广告，她愿意应召援交，价格可以面谈，服务一定超值，原因是她要买一部 iPhone 6。

我无话可说。

拉美人一定觉得这种小广告似曾相识。我知道，在很多欠发达地区，或前殖民地区，或文化低理性地区，更不要说这三种状况叠加的地区，都有西方阴影下的众多梦游者。有些小资、文青、学渣一旦想"开"了，走出这一步并不难。越穷就越想消费，越消费就越觉得自己穷。西方那个广告中的五彩天堂都快把他们逼疯了。非洲曾有一个词 Been To（到过），戏指那些最爱同西方攀点关系的小新派，因为他们嘴里最多出现 I have been to……这样的句子，炫一下自己在欧美的游历。我也特别想发明一个词，一个缩合词，像英语中的 China 与 America 合成为 Chimerica（中美国），来描述某种半土半洋、又土又洋、内土外洋、土穷酸洋时尚的夹生状态，一种对西方气喘吁吁两眼红红的爱恨交加。

这话的意思是，一部西方史很大程度上已被他们误解，被他们鸡零狗碎地捣糨糊。西方最好的东西，或者说现代西方文明的价值核心，即韦伯眼里的"理性化"和"劳动狂"，正被他们齐心合力地扼杀——且不说这两条是否留下了重大盲点。这就是说，即便是依据韦伯对西方偏爱型的理解，小新派们也最像一伙反西方分子，"到过"们、"看过"们、"听过"们是隐藏最深的西方文明掘墓人。

因为他们恰恰是不理性，不劳动，厌恶理性，厌恶劳动。

他们甘冒学业荒废的风险，性病和艾滋病的风险，也要一部 iPhone 6。这个账怎么算也万分离奇。

接下来的事不难想象。不需要太久，当他们发现自己挤不上现代化快车，失败者最方便的心理出路，就是去神秘兮兮的雨林、天象、传说、术士、荣耀祖先、哈里发神学那里寻求抚慰，然后揪出一个不可或缺的魔头，对眼下糟糕的一切负责。作为一种韦伯眼中失去灵魂的资本主义，消费迷狂已如美妙的吸毒、华丽的自杀、声威赫赫的虚无，不仅制造出太多失败者，不仅放大了他们的失败感，而且正大批量培育他们的冷漠、无知、浮躁、偏执、绝望，为事态的另一个前景做好准备。英国作家奈保尔早就注意到，很多伊斯兰极端分子其实够摩登的，至少是曾经够摩登的，满脑子时尚资讯不少，对新潮电器熟门熟路，刚去宾馆开房以便偷窥泳池洋妹，流出世俗化的哈喇子，一转眼却可能变成虔诚教徒和蒙面杀手[①]。这样的瞬间变脸耐人寻味。据媒体报道，前不久巴黎的"11·13"恐袭案中，主凶之一哈斯娜"对伊斯兰教义其实毫无兴趣"，倒是喜欢牛仔帽，喜欢好烟好酒，经常挎上新男友在夜店里瞎混。另一主凶阿巴乌德接受过私立教育，可见不怎么差钱，也是经常出手阔绰，是个在酒吧和夜总会生了根似的"花花公子"。

中国成语：学坏三天，学好三年。很明显，夜店消费主义离夜店恐怖主义只有一步之遥，都是三天之内可以轻易上手的业务。换句话说，金钱并非有效的防暴装置，更非极端思潮的解药。事情倒像是这样：消费主义的虚火有多旺，恐怖主义的势能其实就有多大。在瞬息万变的

[①] 见《信徒的国度》，V.S.奈保尔著，秦於理译，南海出版公司，2014 年版。

生存竞争中，极端贪欲最容易变为极端空虚，狂热谄媚最容易变为狂热怨恨，西方的铁粉最容易成为西方的寇仇——区别可能仅仅在于：

前者还混得下去，后者混不下去了。

前者对弱者冷漠，后者开始把冷漠范围覆盖强者——并且碰巧（也是必须）为冷漠找到了一个神圣的名义，比如宗教或民族的名义。

就宗教和民族而言，拉美与西方多少有些亲缘关系，打断骨头连着筋，因此再闹翻也像个穷亲戚，属于某种内部人的分裂，离血腥的"圣战"稍远——正如他们在历史上一次次远离了世界大战。这当然是幸运。但对于某些梦游者来说，这也是痛醒的一再延迟。在我抵达拉美的半年前，爱德华多·加莱亚诺先生去世了。他的一本《拉丁美洲：被切开的血管》，喷涌出对现实炽热的反思和批判，对"拉美化"这种全球最严重贫富分化的痛切剖示。这本书曾在波哥大长途汽车上被一个姑娘诵读，先是给女友读，然后给全体乘客大声读。作为一本禁书，在军政府大屠杀的日子里，它还曾被一个圣地亚哥的母亲偷偷珍藏于婴儿尿布之下，以便带给更多的读者。在布宜诺斯艾利斯，一个没钱买书的大学生竟在一周之内跑遍附近所有书店，寻找尚未卖出的这本书，一段段接力式地读完它，直到自己缩在墙角读得泪流满面……这也是拉美，让人屏住呼吸的一个褐色板块，一种逼近的梦醒国度。当 A 女士对我说她最自豪于哥伦比亚人的"精神"时，我想到了这一切。

回头看去，他们所传承的拉丁语族，一种源远流长的文化巨流，至少曾孕育过 1789 年的法国大革命，1936 年的西班牙共和保卫战，还有几个世纪来拉美此起彼伏的民族解放斗争，没有任何理由低估这种文化的血性和能量。

没有任何理由低估这一切对人类的启迪。

Don't cry for me — Argentina！

飞机越过安第斯山脉，其时耳机里正传来麦当娜的歌唱，电影《贝隆夫人》的主题曲，曾在电影拍摄现场让四千多名围观民众泪光闪闪的一缕音流：

> 阿根廷，不要为我哭泣，
> 事实上我从未离开过你。
> 在那段狂野岁月中，
> 我一直疯狂拼争。
> 我信守我自己的诺言，
> 不要将我拒之千里。
> …………

贝隆夫人出身卑微，小时候绰号"小瘦子"，是一个穷裁缝的私生女，十五岁那年当上舞女，成为社交场所知名的交际花，直到遇上贝隆将军，后来的改革总统。贝隆推动了国家工业化，抗拒英美强权，为下层民众力争社会福利，得到她的全心支持。即便丈夫后来下台蹲进监狱，她也绝不言弃，仍奔波于全国各地，为平等和民主呐喊，为妇女争取投票权，为失业者、单亲家庭、未婚母亲、孤寡老人、无家可归者维权抗争，被誉为"穷人的旗手"。但正是这一切触怒了上流社会，"婊子贝隆""艾薇塔婊子"等词曾经充斥大小媒体。"婊子！""婊子！""臭婊子！"……贵族男女和无知市民们一次次投来香蕉皮和鞋子，要把她轰下台去。

直到三十三岁她永远倒下的那一天。

阿根廷，不要为我哭泣。她擅长舞蹈，熟悉华尔兹和狐步，也是弗拉明戈的"阿根廷玫瑰"。源于西班牙安达卢西亚地区的这种舞蹈，眼下经常跳成了一种艳俗的商业表演，一种单薄的欢乐或色情诱惑。其实，这种舞是复杂的、纠结的、撕裂的、尖锐的，热情又痛苦，敞开又隐秘，倾诉又沉默，目光中交织了鼓励和禁止。舞者们并无芭蕾的清纯，也无华尔兹的高贵，倒是有一种孤冷和顽强的风格，往往是耸肩，昂首，眼神落寞甚至严厉，与舞伴忽远忽近，若即若离，手中响板追随靴跟踏出的铿锵顿挫，用令人眼花缭乱的眉梢、指尖以及腰身回望内心沧桑。按一位中国作家[①]的说法，真正的弗拉明戈很难看到，从不会出现在剧场，只有经朋友私下联络，人们才可能进入夜幕下某处不起眼的小巷小门，在一个不太大的房间里，坐在少许"内部人"中，听直击人心的吉他声砰然迸发，地下宗教仪式般的肢体暗语已扑面而来。

舞者通常是中年妇人。黑裙子突然绽放遮天之际，她们的命运就开始了。

她们假定你读懂了暗语。

2015 年 12 月

（最初发表于 2016 年《十月》杂志，已译为西班牙文境外发表。）

[①] 见《鲜花的废墟》，张承志著，新世界出版社，2005 年版。

议　论

文学的根

　　我以前常常想一个问题：绚丽的楚文化到哪里去了？

　　我曾经在汩罗江边插队落户，住地离屈子祠仅二十来公里。细察当地风俗，当然还有些方言词能与楚辞挂上钩。如当地人把"站立"或"栖立"说为"集"，这与《离骚》中的"欲远集而无所止"吻合。但楚文化留下的痕迹毕竟已不多见。从洞庭湖沿湘、资、沅、澧四水而上，可发现很多与楚辞相关的地名：君山、白水、祝融峰、九嶷山……但众多寺庙楼阁却与楚人无关：孔子与关公均来自北方，释迦牟尼来自印度。至于历史悠久的长沙，现在已成了一座革命城，除了能找到一些辛亥革命和土地革命的遗址，很难见到其他古迹。那么浩荡深广的楚文化，是什么时候在什么地方中断干涸？

　　两年多以前，一位诗人朋友去湘西通道县侗族地区参加了歌会，回来兴奋地告诉我：找到了！她在湘西那苗、侗、瑶、土家所分布的崇山峻岭里找到了活着的楚文化。那里的人"制芰荷以为衣兮，集芙蓉以为裳"，披兰戴芷，佩饰纷繁，索茅以占，结茝以信，能歌善舞，呼鬼呼神。只有在那里，你才能更好地体会到楚辞中那种神秘、奇丽、狂放、孤愤的境界。他们崇拜鸟、歌颂鸟、模仿鸟，作为"鸟的传人"，其文化与黄河流域"龙的传人"似有明显差别。后来，我对湘西果然也有更多发现。史料记载：公元三世纪以前，苗族人已生息在洞庭湖附近（即苗歌中传说的"东海"附近，为古之楚地），后来受天灾人祸所逼才沿五溪而上，向西南迁移（苗族传说中是蚩尤为黄帝所败，蚩尤的子孙撤退山中）。苗族迁徙史歌《跋山涉水》就隐约反映了这次西迁的悲壮历史。看来，一部分楚文化流入湘西一说，是不无根据的。

文学有"根"，文学之"根"应深植于民族文化传统的土壤里，根不深，则叶难茂。故湖南作家有一个如何"寻根"的问题。

这里还可说一南一北两个例子。

南是广东。有些人常说香港是"文化沙漠"，其实香港也有文化，只是文化多体现为蓬勃兴旺的经济，堂皇的宾馆，舒适的游乐场，雄伟的商贸大厦，中原传统文化的遗迹较为稀薄而已。在这里倒是常能听到一些舶来词：的士、巴士、紧士（工装裤），波士（老板）以及OK一类散装英语。岭南民间多天主教，很多人重商甚于重文，崇洋甚于崇古，对西洋文化的大举复制，难免给人自主创新力不足的感觉。但岭南今后永远是一块二流的小西洋吗？明人王士性在《广志绎》中说：粤人分四，"一曰客户，居城郭，解汉音，业商贾；二曰东人，杂处乡村，解闽语，业耕种；三曰俚人，深居远村，不解汉语，惟耕垦为活；四曰疍户，舟居穴行，仅同水族，亦解汉音，以探海为生"。这里介绍了分析岭南传统文化的一个线索。可以预见的是，将来岭南文化在中西文明交汇中再生，也许还得在客家、俚人、东人、疍户那里获取潜能，从自有文化遗产中找回主体的特性。

北是新疆。近年来新疆出了不少诗人，小说家却不多，可能是暂时现象。我在新疆时听一些青年作家说，要出现真正的西部文学，就不能没有传统文化的骨血。我对此深以为然。新疆文化传统的遗产丰富多样，其中俄罗斯族中相当一部分源于战败东迁的白俄"归化军"及其家属，带来了欧洲的东正教文化；维、回等民族的伊斯兰文化，则是沿丝绸之路来自中亚、波斯湾以及中东；汉文化及其儒学在这里也深有影响。各路文化的交汇，加上各民族都有一部血淋淋的历史，是应该催育出一大批奇花异果的。十九世纪的俄罗斯文学以及二十世纪的日本文学，不就是得益于东、西方文化的双重影响吗？如果割断传统，失落气脉，守着金饭碗讨饭吃，只是从内地文学中横移一些"伤痕文学"的主题和手法，势必是无源之水，很难有西部文学独特的生机和生气。

几年前，不少作者眼盯着海外，如饥似渴，勇破禁区，大量引进。介绍一个萨特，介绍一个海明威，介绍一个艾特玛托夫，都引起轰动。连品位一般的《教父》和《克莱默夫妇》也会成为热烈话题。作为一个过程，这是正常而重要的。近来，一个值得欣喜的现象是：作者们开始投出眼光，重新审视脚下的国土，回顾民族的昨天，有了新的文学觉悟。贾平凹的"商州"系列小说，带上了浓郁的秦汉文化色彩，体现了他对商州细心的地理、历史、民俗的考察，自成格局，拓展新境；李杭育的"葛川江"系列小说，颇得吴越文化的气韵，旨在探究南方的幽默与南方的孤独，都是极有意义的新题。与此同时，远居大草原的乌热尔图也用他的作品连接了鄂温克族文化源流的过去和未来，以不同凡响的篝火、马嘶与暴风雪，与关内的文学探索遥相呼应。

他们都在寻"根"，都开始找到了自己的文化根基和文化依托。这大概不是出于一种廉价的恋旧情绪和地方观念，不是对方言歇后语之类浅薄地爱好，而是一种对民族的重新认识、一种审美意识中潜在历史因素的苏醒，一种追求和把握人世无限感和永恒感的对象化表现。丹纳在《艺术哲学》中认为：人的特征是有很多层次的，浮在表面上的是持续三四年的一些生活习惯与思想感情，比如一些时行的名称和时行的领带，不消几年就全部换新。下面一层略为坚固些的特征，可以持续二十年、三十年、四十年，像大仲马《安东尼》等作品中的当今人物，郁闷而多幻想，热情汹涌，喜欢参加政治，喜欢反抗，又是人道主义者，又是改革家，很容易得肺病，神气老是痛苦不堪，穿着颜色刺激的背心等等……要等那一代过去以后，这些思想感情才会消失。往下第三层的特征，可以存在于一个完全的历史时期，虽经剧烈的摩擦与破坏还是岿然不动，比如说古典时代的法国人的习俗：礼貌周到，殷勤体贴，应付人的手段很高明，说话很漂亮，多少以凡尔赛的侍臣为榜样，谈吐和举动都守着君主时代的规矩。这个特征附带或引申出一大堆主义和思想感情，宗教、政治、哲学、爱情、家庭，都留着主要特征的痕迹。但这无论如何顽固，也仍然是要被消灭的。比这些观念和习俗更难被时间铲除的，是民族的某些本能和才具，如他们身上的某些哲学与社会倾向，某些对道德的看法，对自然的了解，表达思想的某种方式。要改变这个层次的特征，有时得靠异族的侵入，彻底的征服，种族的杂交，至少也得改变地理环境，迁移他乡，受新的水土慢慢的感染，总之要使精神气质与肉体结构一齐改变才行。

　　在这里，丹纳几乎是个"地理环境决定论"者，其见解不需要我们完全赞成，但他对不同文化层次的分析不无见地。中国作家们写过住房问题和冤案问题，写过很多牢骚和激动，目光开始投向更深层次，希望在立足现实的同时又对现实进行超越，去揭示一些决定民族发展和人类生存的谜。在这一过程中，他们很容易注意到乡土。因为乡土是城市的过去，是民族历史的博物馆。哪怕是农舍的一梁一栋，一檐一桷，都可能有汉魏或唐宋的投影。而城市呢，上海除了一角城隍庙，北京除了一片宫墙，那些林立的高楼、宽阔的沥青路、五彩的霓虹灯，南北一样，多少有点缺乏个性；而且历史短暂，太容易变换。于是，一些长于表现城市生活的作家如王安忆、陈建功等，想写出更多的中国"味"，便常常让笔触深入胡同、里弄、四合院，深入所谓"城市里的乡村"。我们不必说这是最好的办法，但我们至少可以说这是凝集历史和现实、是扩展文化纵深的手段之一。

更重要的是，乡土中所凝结的传统文化，更多属于不规范之列。俚语、野史、传说、笑料、民歌、神怪故事、奇风异俗等等，其中大部分鲜见于经典，不入正统。它们有时可被纳入规范，像浙江南戏所经历的过程那样。反过来，所谓"礼失求诸野"，有些规范文化也可能由于某种原因从经典上消逝，流入乡野，默默潜藏，如楚辞风采至今还闪烁于湘西的穷乡僻壤。这一切，像巨大无比暧昧不明炽热翻腾的大地深层，承托着我们规范文化的地壳。在一定的时候，规范的上层文化绝处逢生，总是依靠对民间不规范文化进行吸收，来获得营养和能量，获得更新再生的契机。宋词、元曲、明清小说，都是前鉴。从这个意义上说，不是地壳而是地下的岩浆，更值得作家们注意。

这丝毫不意味着闭关自守，不是对外来文化过敏。相反，只有放开眼界，找到异己的参照系，吸收和消化各种异己的文化因素，才能最终认清和充实自己。但有一点似应指出，我们读外国文学，多是读翻译作品，而被译的多是外国的经典作品、流行作品、获奖作品，即已入规范的东西。从人家的规范中来寻找自己的规范，模仿翻译作品来建立一个中国的"外国文学流派"，想必前景黯淡。

外国优秀作家与相关民族传统文化的复杂联系，我们无法身临其境，缺乏详尽材料加以描述。但作为远观者，我们至少可以辨出他们笔下的有脉可承。比方说，美国的黑色幽默与美国的牛仔趣味以及卓别林、马克·吐温、欧·亨利等笔下的"不正经"是否有关？拉美的魔幻现实主义，与拉美光怪陆离的神话、寓言、传说、占卜迷信等文化现象是否有关？萨特、加缪的存在主义小说和戏剧，与欧洲大陆的公理化思辨传统，甚至与旧时的经院哲学是否有关？日本的川端康成"新感觉派"，与佛禅文化的闲逸虚净传统是否有关？希腊诗人埃利蒂斯与希腊神话传说遗产的联系就更明显了。他的《俊杰》组诗甚至直接采用了拜占庭举行圣餐的形式，散文与韵文交替使用，参与了从荷马到当代希腊诗歌传统的创造。

另一个可以参照的例子来自艺术界。小说《月亮和六便士》中写了一个现代派画家。但他真诚推崇提香等古典派画家，倒是很少提及现代派同志。他后来逃离了繁华都市，到土著野民所在的丛林里，长年隐没，含辛茹苦，最终在原始文化中找到了现代艺术的支点，创造了杰作。这就是后来横空出世的高更。

五四运动以来，中国文学界瞪大眼睛向外国学习，学苏俄，学欧美，包括学出了民族文化的自毁，还有民族自信心的一路低落。但在这种彻底的清算和批判之中，萎缩和毁灭之中，中国文化也就能涅槃再生了。英国历史学家汤因比曾对东方文明寄予厚望，认为西方基督教文明已经衰落，而古老沉睡着的东方文明，可能在外来文明的"挑战"之下，隐退然后"复出"，光照整个地球。我们暂时不必追究汤氏之言是真知还是臆测，有意味的是，西方很多学者都抱有类似的观念。科学界的笛卡尔、莱布尼兹、爱因斯坦、海森堡等，文学界的托尔斯泰、萨特、博尔赫斯等，都极有兴趣于东方文化。传说张大千去找毕加索学画，毕加索说：你到巴黎来做什么？巴黎有什么艺术？在你们东方，在非洲，才会有艺术……这一切都是偶然的巧合吗？在这些人注视着的长江和黄河广阔流域，到底会发生什么事？

这里正在出现轰轰烈烈的改革和建设，在向西方"拿来"一切我们可用的科学和技术、思想和制度，正在走向现代化的生活。但阴阳相生，得失相成，新旧相因。万端变化中，中国还是中国，尤其是在文学艺术方面，在民族的深层精神和文化特质方面，我们仍有民族的自我。我们的责任也许就是释放现代观念的热能，来重铸和镀亮这种自我。

这是我们的安慰和希望。

前不久一次座谈会上，我遇到了《棋王》的作者阿城，发现他对中国的民俗、字画、医道诸方面都颇有知识。他谈到了对苗族服装的精辟见解，最后说："一个民族自己的过去，是很容易被忘记的，也是不那么容易被忘记的。"

他说完这句话之后，大家都沉默了，我也沉默了。

1985 年 1 月

（最初发表于 1985 年《作家》杂志，获《作家》评论奖，已译成英文、法文、荷文、意文、德文、日文等在境外发表。）

饿他三天以后

中国人想把自己变成欧美人，最大障碍恐怕来自肠胃。如果不是从小就被西餐训练，老大不小之时再来舍豆腐而就奶酪，舍姜葱河蟹而就半熟牛排，大概都如临苦刑。世界各地唐人街的众多中国餐馆，就是这一饮食传统的顽强证明。因此，全球文明一体化的问题可以在餐桌以外的地方大谈特谈，但只要到了腹空时刻，即便是身着洋装满口洋腔的黄皮白心"香蕉人"，大多还是流中国口水，打中国食嗝，大快朵颐地与欧美人差着和异着——这种情况随处可见。

并不能说，每个人的肠胃都是民族主义的。至少不可以说，这种肠胃民族主义有什么绝对和永恒。我常冒出一个念头，想做一个极为简单的文化试验：随便捉来一个什么人，饿他三天以后会怎么样？对于一个饿得眼珠子发绿的人来说，奶酪之于中国人，豆腐之于欧美人，味道会不会有些变化？饮食的文化特性在这家伙身上还能撑多久？

结论也许不言自明：一阵疯狂的狼吞虎咽之下，豆腐奶酪都化为几乎无味的热量，如此而已。所谓饥不择食，就是饥不辨味，饥不辨文化也。在逼近某种生理极限时，比如在人差点要饿死时，曾经鲜明过、伟大过、顽强过的文化特性也会淡化和隐退，甚至完全流失。

这么说，文化差异只是饱食者的事，与饥饿者没多少关系。它可被吃饱喝足了的人真实地感受、品味、思考、辩论乃至学术起来，可生发出车载斗量的巨著和五花八门的流派，但一旦碰上饥饿，就不得不大打折扣。换句话说，人吃饱了就活得很文化，饿慌了就活得很自然；吃饱了就活得很差异，饿慌了就活得很共同，是不能一概而论的。

一般来说，我既是文化的多元主义者，也是文化的普遍主义者，取何种态度，常取决于我面对一个什么样的谈话者，比方看对方是不是一个刚吃过早餐的人。

其实，文化差异也只是成年人的事：他们可折腾东方式的家族主义，或西方式的个人主义，但幼儿们抹鼻涕抢皮球玩泥巴，无论黑毛黄毛白毛全一个德性。文化差异也只是健康者的事：他们可折腾东方人的经验主义，或西方人的公理主义，但一旦患上肺癌之类，彼此之间同病相怜乃至同病相契，病榻上的一声声呻吟，断无什么民族痕迹。当然，文化差异更是安全者的事：醉拳与棒球的区别也好，儒家与基督的区别也好，华夏文明与地中海文明的区别也好，统统以论说者们好端端活着为前提。设想这些人遇上大地震或大空难，遇上凶匪悍盗的剿杀，在要命的生死关头，他们之间的差异性更多还是共同性更多？他们表现出来的逃窜或奋战，表现出来的怯懦或勇敢，能挂到哪一个民族或哪一个国家的文化标签之下？能成为哪一个民族国家的专利？难道中国人视勇敢为荣，西方人就偏偏视勇敢为耻？难道中国人想活，西方人就偏偏想死？

即便他们在逃窜或奋战时，有的显棒球遗风，有的显醉拳余韵，即便这种形式上的差异在生死关头还所剩有几，但在活不活命的问题上，还能不能"多元"？如果无法"多元"，那么使生命得以保存和延续的一切观念、意识、制度、精神是否更能呈现共同的品质？或者这一切观念、意识、制度、精神都不应摆上文化讨论的桌面？

命之不存，文化焉附。人都只有一条命，只有一个脑袋一个生殖器以及手足四肢，而这一切无论中西并无二致。由此而产生的文化断不会差异到哪里去。迄今为止，在全世界各民族的词典里，婴儿呼叫母亲的语言都是一个样：MAMA。这种婴儿全球主义和吃奶世界主义当然也是重要的文化符号。这正如"勇敢"一类美德而不是"懦弱"一类丑态，在任何一种文化传统里都受到肯定和敬重，没有什么差异可言。

在另一方面，人当然也有种族和性别的生理所属，还离不开阶级、行业、社区、国家、地理、历史的种种生存环境，而这一切从古至今都殊分有异，由此产生的文化实在共同不到哪里去。特别是在远离饥饿、远离绝症、远离危险、远离童稚或垂暮等半动物状态之时，就是说，在远离某种生理自然极限之时，人们完全可以活得各行其是和各得其所，所谓文化正是在这个问题的有效域，才得以多元，才得以五彩缤纷百花齐放。在这种情况下，我们要怎样差异就可以怎样差异，要怎样冲突就可以怎样冲突，冒出一百个亨廷顿或一百个萨义德也完全可以理直气壮。

只是不要忘了，参与文化讨论的高人们不要忘了：任何命题都面临有效域的边界，比方我们很难受得了三天饥饿。

漠视这一类边界，任何真知都是谬误。

1998 年 5 月

（最初发表于 1998 年《芙蓉》杂志，已译成韩文在境外发表。）

阳台上的遗憾

　　南方人指路，总是说前后左右。北方人指路，总是说东西南北。前后左右，以人为转移，是一种主观方位；东西南北，以物为坐标，是一种客观方位。这样说起来，似乎南人较为崇尚主观意志，北人较为遵从客观实际。

　　指路方式的不同，当然还可能有更多的原因。比方说，南方降雨量偏多，云雨当头时四野茫茫，如果行人没有随身携带指南针，就很难像在北方多见的晴空之下，瞥一眼日头，轻易辨出东西南北。

　　又比方说，北方平原地较多，建房不常受到地形限制，可以建得四向方正，多以皇宫或神庙为中心，次第森严秩序井然组成棋盘式格局。在那个棋盘里，东西南北已被纵横街道刻入人心，很难有南方的一份模糊和混乱。

　　从某种意义上说，建筑是人心的外化和物化。南方在古代为蛮，化外之地，建筑也就多有蛮风留影。尤其到海口市一看，这里尽管地势平坦，并无什么山峦起伏，但前人留下的老街少有直的和正的。这些随意和即兴的作品，呈礼崩乐坏纲纪不存之象。种种偏门和曲道很合适隐藏神话、巫术以及反叛，要展示天子威仪和官府阵仗，却不那么方便。留存在这些破壁残阶上的，是一种天高皇帝远的自由和活泼，是一种帝国文化道统的稀薄和涣散。虽然免不了给人一种混乱之虞，却也生机勃勃。它们不像北方四合院，俨然规规矩矩的顺民和良仆，一栋一梁的定向都不越雷池，严格遵循天理与祖制。

当然，南北文化一直在悄悄融合。建筑外观上的南北之异，并不妨碍南方某些宅院与北方四合院一样，也是很见等级的，比方有一些耳房和偏间，可供主人安置男仆和女佣。这些宅院也是很讲究家族合和的，有东西两厢，有前后几进，可供主人安置庞大宗亲体系，包容儿孙满堂笑语喧哗的大团圆。在那大堂里正襟入座，上下分明，主次分明，三纲五常的感觉油然而生。倘若在院中春日观花，夏日听蝉，箫吹秋月，酒饮冬霜，也就免不了一种陶潜式的冲淡和曹雪芹式的伤感——汉文化一直在这样的宅院里咳血和低吟。

这一类宅院，在现代化的潮流面前一一倾颓，当然是无可避免的结局。金钱成了比血缘更强有力的社会纽带，个人成了比家族更重要的社会单元。大家族开始向小家庭解体，小家庭又被独身风气蚕食。加上都市人口的节育化和一胎化，旧式宅院的两厢三进之类已十分多余。要是多家合住一院，又不大方便保护现代人的隐私：谁愿意起居出入喜怒哀乐都在邻居的众目睽睽之下？

更为重要的是，都市化使地价狂升，节约用地成了绕不过去的硬道理。中国十多亿人都要住好房子，岂能容忍旧式宅院那样奢侈的建筑容积率？稍微明了国情的人，就不难理解古建筑风格诚然需要保护，某些老街和古镇诚然值得珍惜，但今人不是为古人活着的，高楼大厦就在很多时候只能是我们唯一现实的选择。看到某些人对四合院一类津津乐道，不分青红皂白地怀古和恋旧，我们不必过分地凑热闹。

这种高楼大厦正显现新的社会结构，展拓新的心理空间，但一般来说较为缺少个性，以其水泥和玻璃，正统一着所有城市的面容和表情，正不分东西南北地制定出彼此相似的生活图景。人们走入同样的电梯，推开同样的窗户，坐上同样的马桶，在同一时刻关闭电视并在同一时刻打出哈欠。长此下去，环境也可以反过来侵染人心，会不会使它的居民们产生同样的流行话题、同样的购物计划、同样的恋爱经历、甚至同样的怀旧情结？以前有一些人说，儒家造成文化的大一统。其实，现代工业对文化趋同的推动作用，来得更加猛烈和广泛，行将把世界上任何一个天涯海角都制作成建筑的仿纽约，服装的假巴黎，家用电器的赝品东京——所有的城市越来越成为一个城市。

这种高楼大厦拔地升天，正把天空挤压和分割得十分零碎，使四季在隔热玻璃外变得暧昧不清，使田野和鸟语变得十分稀罕和遥远。清代文士张潮在《幽梦三影》里说："因雪想高士，因花想美人，因酒想侠客，因月想好友，因山水想得意诗文。"如此清心雅趣，连同它所根植的旧式宅院，似乎已被高楼大厦永远埋葬在地基下面了。全球的高楼居民和大厦房客，相当多数如今已习惯于一边吃着快餐食品，一边因雪想堵车，因花想开业，因酒想公关，因月想星球大战，因山水想旅游开发区批文。当然，在某一天，我们也可步入阳台，在铁笼般的防盗网里，在汽车急驰而过的沙沙声里，一如既往地观花或听蝉，月下吹箫或霜中饮酒。但那毕竟有点像勉勉强强的代用品，有点像用二胡拉贝多芬，或者是在泳池里远航，少了一些真趣。

这不能不使人遗憾。

遗憾是历史进步身后寂寞的影子。

1995 年 5 月

（最初发表于 1995 年《海南日报》。）

夜行者梦语

一

　　人类常把一些事情做坏，比如把爱情做成贞节牌坊，把自由做成暴民四起，一谈起社会均富就出现专吃大锅饭的懒汉，一谈起市场竞争就有财迷心窍唯利是图的铜臭。思想的龙种总是在黑压压的人群中一次次收获现实的跳蚤。或者说，我们的现实本来太多跳蚤，却被思想家们一次次说成龙种，让大家觉得悦耳和体面。

　　如果让耶稣遥望中世纪的宗教法庭，如果让爱因斯坦遥望广岛的废墟，如果让弗洛伊德遥望红灯区和三级片，如果让欧文、傅立叶、马克思遥望苏联的古拉格群岛和中国的"文革"，他们大概都会觉得尴尬以及无话可说的。

　　人类的某些弱点与生俱来，深深根植于我们的肉体，包括脸皮、肠胃、生殖器。即使作最乐观的估计，这种状况也不会因为有所谓后现代潮出现，就会得到迅速改观。

二

有一个著名的寓言：两个人喝水，都喝了半杯水，一位说："我已经喝了半杯。"另一位说："我还有半杯水没有喝。"他们好像说的是一回事，然而聪明人都可以听出，他们说的是一回事又不是一回事。

一个概念，常常含注和载负着各种不同的心绪、欲念、人生经验，如不细加体味，悲观主义者的半杯水和乐观主义者的半杯水，就会混为一谈。蹩脚理论家最常见的错误，就是不懂得哲学差不多不是研究出来的，而是从生命深处涌现出来的。他们不能感悟到概念之外的具象指涉，不能将概念读解成活生生的生命状态，跃然纸页，神会心胸。即使有满房子辞书的佐助，他们也不可能把任何一个概念真正读懂。

说说虚无。虚无是某些现代人时髦的话题之一，宏论虚无的人常被划为一党，被世人攻讦或拥戴。其实，党内有党，至少可以二分。一种是建设性执着后的虚无，是呕心沥血艰难求索后的困惑和茫然；一种是消费性执着后的虚无，是声色犬马花天酒地之后的无聊和厌倦。圣者和流氓都看破了钱财，但前者首先看破自己的钱财，我的就是大家的。而后者首先看破别人的钱财，大家的就是我的。圣者和流氓都可以怀疑爱情，但前者可能从此节欲自重，慎于风月；而后者可能从此纵欲无忌，见女人就上。

尼采说：上帝死了。对于有些人来说，上帝死了，人有了更多的责任。对另外一些人来说，上帝死了，人就不再承担任何责任。我们周围拥挤着的这些无神论者，其实千差万别。

观念总是大大简化了的，表达时有大量信息渗漏，理解时有大量信息潜入，一出一人，观念在运用过程中总是悄悄质变。对于认识丰富复杂的现实来说，观念总是显得有点不堪重用。它无论何其堂皇，从来不可成为价值判断的标准，不是人性的质检证书。正因此，观念之争除了作为某种智力保健运动，一般没有太多意义。道理讲不通也罢，讲通了道理不管用也罢，都很正常，我们不妨微笑以待。

三

虚无之外，还有迷惘、绝望、焦虑、没意思、荒诞性、反道德、无深度、熵增加、丧失自我、礼崩乐坏、垮掉的一代、解构、过把瘾就死、现在世界上谁怕谁……人们用很多新创的话语来描述上帝死后的世界。上帝不是一个人，连梵蒂冈最近也不得不训示了这一点。上帝其实是代表一种价值体系，代表摩西十诫及各种宗教中都少不了的道德律令，是人类行为美学的一种民间通俗化版本。上帝的存在，是因为人类这种生物很脆弱，也很懒惰，不愿承担对自己的责任，只好把心灵一古脑交给上帝托管。这样，人进入黑夜之时，上帝说，要有光，于是便有了光，人就前行得较为安全。

上帝据说最终死于奥斯维辛集中营。这时，一个身陷战俘营的法国教书匠，像他的一些前辈，苦苦思索，想给人类再造出一个上帝。这个人就是萨特。萨特想让人对自己的一切负责，把价值立法权从上帝那里夺回来，交给每个人的心灵。指出他与笛卡尔、康德、黑格尔的差别是很容易的，指出他们之间的相同点更是容易的。他们大胆构筑的不管叫理性，叫物自体，还是叫存在，其实还是上帝的同位语和替代品，是一种没商量的精神定向，一种绝对信仰。蒂利希评价他的存在主义同党时说："存在的勇气最终源于高于上帝的上帝。""他是这样的上帝，一旦你在怀疑的焦虑中消失，他就显现。"

尼采也并没有摆脱上帝的幽灵。他的名言之一是："人为自己的不道德行为羞愧，这是第一阶段，待到终点，他也要为自己的道德行为羞愧。"问题在于，到那时为什么还要羞愧？根据什么羞愧？是什么在冥冥上天决定了这种羞而且愧？

人类似乎不能没有依恃，没有寄托。上帝之光熄灭了以后，萨特们这支口哨吹出来的小曲子，也能凑合着来给夜行者壮壮胆子。

四

一个古老的传说是，人是半神半兽的生灵，每个人心中都活着一个上帝。

人在谋杀上帝的同时，也就悄悄开始了对自己的谋杀。非神化的胜利，直接通向了非人化的快车道。这是"人本论"严肃学者们大概始料未及的讽刺性结果。

二十世纪的科学，从生物学到宇宙论，进一步显示出人是宇宙中心这一观念，同神是宇宙中心的观念一样，同样荒唐可笑。人类充其量只是自然界一时冲动的结果，没有至尊的特权。一切道德和审美的等级制度都被证明出假定性和暂时性，是几个书生强加于人的世界模式，随便来几句刻薄或穷究，就可以将其拆解得一塌糊涂——逻辑对信仰无往不胜。

到解构主义登场，人本的概念干脆已换成了文本，人无处可寻，人之本原和主体已成虚妄。世界不过是一大堆一大堆文本，充满着伪装，是可以无限破译的代码和能指。破译到最后，洋葱皮一层层剥完了，也没有终极和底层的东西，万事皆空，不余欺也。解构主义的刀斧手们，最终消灭了人的神圣感，于是一切都被允许，好就是坏，坏就是好。达达画派的口号一次次被重提："怎样都行。"

圣徒和流氓，怎样都行。

唯一不行的，就是反对怎样都行之行。在这一方面，后现代逆子倒时常表现出怒气冲冲的争辩癖，还有对整齐划一和千部一腔的爱好。

真理的末日和节日就这样终于来到了。这一天，阳光明媚，人潮拥挤，大街上到处流淌着可口可乐气味和电子音乐，人们不再为上帝而活着，不再为国家而活着，不再为山川和邻居而活着，不再为祖先和子孙而活着，不再为任何意义任何法则而活着。萨特们的世界已经够破碎了，然而像一面破镜，还能依稀成像。而当今的世界则像超级商场里影像各异色彩纷呈的一大片电视墙，让人目不暇接，脑无暇思，什么也看不太清，一切都被愉悦地洗成空白。这当然也没什么，大脑既然是个欺骗我们已久的赘物和祸根，消灭思想便成为时尚，让我们万众一心跟着感觉走。这样，肠胃是更重要的器官，生殖器是更重要的器官。罗兰·巴特干脆用"身体"一词来取代"自我"。人就是身体，人不过就是身体。"身体"一词意味着人与上帝的彻底决裂，物人与心人的彻底决裂，意味着人对动物性生存的向往与认同——你别把我当人。

这一天，叫作"后现代"。

"后现代"也正在生物技术领域中同步推进。鱼与植物的基因混合，细菌吃起了石油，猪肾植入了人体，混有动物基因或植物基因的半人，如男猪人或女橡人，可望不久面世，正威胁着天主教义和联合国的人权宣言。到那时候，你还能把我当人？

五

欧洲是一片人文昌荣、物产丰饶的大陆。它的盛世不仅归因于科学与工业革命，还得助于民主传统，也离不开几个世纪之内广阔殖民地的输血——源源不断的黄金、钻石、石油、黑奴。这样的机遇真是千载难逢。与中国不同的是，欧洲的现代精神危机不是产生于贫穷，而是产生于富庶。叔本华、尼采、萨特等，差不多都是一些衣食不愁的上流或中流富家公子。他们少年成长的背景不是北大荒和老井，而是巴洛克式的浮华和维多利亚时代的锦衣玉食，是优雅而造作的礼仪，严密而冷酷的法律，强大而粗暴的机器，精深而烦琐的知识。这些心性敏感的学人，就是在这种背景下开始了追求精神自由的造反，宣示种种盛世危言。

他们的宣示在中国激起了回声，但是这宣示已经大多被人们用政治／农业文明的生存经验——而不是用金钱／工业文明的生存经验——来悄悄地给予译解。同样是批判，他们不言自明的对象是资本社会之伪善，而他们的中国同志们不言自明的对象，很可能是"忠字舞"。他们对金钱的失望，到了中国，通常用来表示对没有金钱的失望。一些中国学子夹一两本哲学积极争当"现代派"，从某种意义上来说，差不多就是穷人想有点富人的忧愁，要发点富人脾气，差不多就是把富人的减肥药，当成了穷人的救命粮。

个人从政治压迫下解放出来，最容易投入金钱的怀抱。中国的萨特发烧友们玩过哲学和诗歌以后，最容易成为狠宰客户的生意人，成为卡拉OK、KTV的常客和豪华别墅的新住户。他们向往资产阶级的急迫劲头，让他们的西方同道略略有些诧异。

而个人从金钱的压迫下解放出来，最容易奔赴政治的幻境，于是海德格尔赞赏纳粹，萨特参加共产党，陀思妥耶夫斯基支持王权，让他们的一些中国同道们觉得特傻帽。这样看来，西方人也可能把穷人的救命粮，当成富人的减肥药。

当然，穷人的批判并不比富人的批判低档次，不一定要学会发富人的脾气，才算得上正统，才可卖高价，才不叫伪什么派。在生存这个永恒的命题前，穷人当然可以与富人对话谈心，可以与富人交朋友，甚至可以当上富人的老师。只是要注意，谈话的时候，首先要听懂对方说的是什么，也必须知道，自己是很难完全变成对方的。

六

请设想一下这种情况，设想一个人只面对自己，独处幽室，或独处荒原，或独处无比寂冷的月球。他需要意义和法则吗？他可以想吃就吃，想拉就拉，崇高和下流都没有对象，连语言也是多余，思索历史更是荒唐。他随心所欲无限自由，一切皆被允许，怎样做——包括自杀——也没有什么严重后果。这种绝对个人的状态，无疑是反语言、反历史、反文化、反知识、反权威、反严肃、反道德、反理性的状态，一句话，不累人的状态。描述这种状态的成套词语，我们在后现代哲学那里似曾相识耳熟能详。

但只要有第二个人出现，比如鲁滨逊身边出现了星期五，事情就不一样了。累人的文明几乎就随着第二个人的出现而产生。鲁滨逊必须与星期五说话，这就需要约定词义和逻辑。鲁滨逊不能随便给星期五一耳光，这就需要约定道德和法律。鲁滨逊若要让星期五接受自己的指导，比如服从分工和讲点卫生，那就需要建立权威的组织……于是，即便在这个最小最小的社会里，只要他们还想现实地生存下去，就不可能做到"怎样都行"。

暂时设定这种秩序的，不是上帝，是生存的需要，是肉体。在一切上帝都消灭之后，肉体最终呈现出上帝的面目，如期地没收了自己的狂欢，成了自己的敌人。当罗兰·巴特用"身体"取代"自我"时，美国著名理论家卡勒尔先生已敏感到这一先兆，他认为这永远产生着一种神话化的可能，自然的神话行将复辟（见《罗兰·巴特》一书）。由此不难看出，后现代哲学其实是属于幽室、荒原、月球的哲学，是独处者的哲学，不是社会哲学；是幻想者的哲学，不是行动哲学。

物化的消费社会使我们越来越容易成为独处的幻想者，人际关系冷淡而脆弱，即便在人海中，也不常惦记周围的星期五。电视机、防盗门、离婚率、信息过量、移民社会、认钱不认人……对于我们来说，个人越来越是更可靠的世界。一个个商业广告暗示我们不要亏待自己，一个个政治家暗示你的利益正被他优先考虑。正如我们曾在"忠字舞"的海洋中，接受过个人分文不值的信条，现在，我们也及时接受着个人至高无上的时代风尚，每个人都是自己最大的明星，都被他人爱得不够。

七

时旷日久的文化空白化和恶质化，产生了这样一代人：没读多少书，最能记起来的是政治游行以及语录歌，多少有点不良纪录，当然也没有吃过太多苦头，比如蹲监狱或参加战争。他们被神圣的口号戏弄后，谁也不来负责，身后一无所有。权力炙手可热时他们远离权力，苦难可赚荣耀时他们掏不出苦难，知识受到尊重时他们只能怏怏沉默。他们没有任何教条，生存经验自产自销，看人看事绝不迂阔一眼就见血。他们是文化的弃儿，因此也必然是文化的逆子。

这一些人是后现代思潮的天然沃土。他们几乎不需要西方学人们来播种，就野生出遍地的冷嘲热讽和粗痞话。

其实这也是一种文化，虽然未被列于什么文化谱系，也未经培植，但天然品质正是它的活力所在。它是思想统制崩溃的必然果实。反过来，它的破坏性，成为一剂清泻各种伪道学的毒药。

"后现代"将会留下诗人——包括诗人型的画家、作家、歌手、批评家等。真正的诗情是藐视法则的，直接从生命中分泌出来。诗人一般都具有疯魔的特性，一次次让性情的烈焰，冲破理法的岩层喷薄而出。他们觉得自己还疯魔得不够时，常让酒和梦来帮忙。而后现代思潮是新一代的仿酒和仿梦制品，是高效制幻剂，可以把人们引入丰富奇妙的生命景观。它恢复了人们的个人方位，拓展了感觉的天地，虽然它有时可能失于混沌无序，但潜藏在作品中的革命性、想象力、独创精神的解放显而易见，连它的旁观者和反对者也总是从中受益。

"后现代"将会留下流氓。对于有心使坏的人来说，"怎样都行"当然是最合胃口的理论执照。这将大大鼓舞一些人，以直率来命名粗暴，以超脱来命名懒惰，以幽默来命名欺骗，以法无定法来命名无恶不作，或者干脆以小人自居，也没什么不可以。如果说，在社会管制严密的情况下，人人慎行，后现代主义只能多产于学院，成为一种心智游戏；那么在社会管制松懈之地，相关条件配置不够，这种主义便更多流行于市井，成为一种物身的操作。这就像一部战争片，在影剧院里当真爆响炸弹——谁受得了？

诗人总是被公众冷淡，流氓将被社会惩治。到最后，当学院型和市井型的叛逆都受到某种遏制，很多后现代人可能会与环境妥协，回归成社会主流人物。他们给官员送礼，与商人碰杯，在教授的指导下攻读学位，要儿女守规矩和懂应酬。至于主义，只不过是今后的精神晚礼服之一，偶尔穿上出入某种沙龙，属于业余爱好。他们既然不承认任何主义，也就无所谓对主义的背叛，没有许诺任何责任。最虚无的态度，总是特别容易与最实用的态度联营。事实上，在具体的人那里，后现代主义通常是短暂现象，它对主流社会的对抗，一直被忧心忡忡的正人君子估计过高。

在另一方面，权势者对这些人的压制，也往往被人们估计过高。时代不同了，众多权势者都深谙实用的好处，青春期或多或少的信念，早已日渐稀薄，对信仰最虚无的态度其实在他们内心中深深隐藏。只要是争利的需要，他们可与任何人亲和与勾结，包括接纳各种晚礼服。不同之处在于，主义不是他们的晚礼服，而是他们的某种精神假面。他们是后现代主义在朝中或市中的潜在盟友。

这是"后现代"最脆弱之点，最喜剧化的归宿。

从某种意义上说，后现代主义是现代主义的分解和破碎，是现代主义燃烧的尾声。它对金灿灿社会主流的批判性，正在被妥协性和认同倾向所悄悄置换。它挑剔和逃避了任何主义的缺陷，也就有了最大的缺陷——自己成不了什么主义，不能激发人们对真理的热情和坚定，一开始就隐伏了庸俗化的前景，玩过了就扔的前景。它充其量只是前主义的躁动和后主义的沮丧，是夜行者短时的梦影。

如果"后现代"又被我们做坏，那也是没法子的事。

夜天茫茫，梦不可能永远做下去。我睁开眼睛。我宁愿眼前一片黑暗无路可走，也不愿当梦游者。何况，光明还是有的。上帝说，要有光。

1993 年 2 月

（最初发表于 1993 年《读书》。）

完美的假定

一

回顾一下三十年代，也许很多人会大为惊讶。那是史学家命名的"红色三十年代"，批判资本体制的文学，"劳工神圣"的口号，贫穷而热情的苏联赤卫队员，不能提供一分钱利润，却成了人们的希望，居然引导了知识界以及一般上流开明人士的思想时尚。不管是用选票还是用武装暴动的方式，左派组织在全世界快速繁殖，日渐坐大，眼看着国家政权唾手可得。布莱希特、安德烈·勃勒东、阿拉贡、加缪、德莱赛、瞿秋白、聂鲁达、罗曼·罗兰、芥川龙之介以及时间稍后一些的毕加索和萨特……一大批重要知识分子的履历中，无不具有参加共产党或者自称社会主义者的记录。

六十年代，又发了一次全球性的左派烧。中国的"文革"不用说，法国的"红五月"也惊天动地，红皮语录本在地球的那一边也被青年们挥动。勃列日涅夫在苏联上台向左转，太平洋彼岸的黑人运动和学生运动也交相辉映，在白宫前炮打司令部。不仅是广获同情的越南和古巴，多数从殖民统治下解放出来的亚非拉弱小民族，竞相把"社会主义"和"国有化"当作救国的良方。不仅是格瓦拉、德钦丹东和阿拉法特，一切穷苦人和受难者的造反领袖，在全世界任何地方都差不多成了众多青年学子耀眼的时代明星，成了偶像和传说。

这些离我们并不遥远。

二

同样并不遥远的，是潮起潮落，是每一次左向转折之后，都似乎紧接着向右的反复和循环。左派的理想，左派在这个时代的诸多含义：国有化、计划经济、阶级斗争、均贫富、打破国际垄断资本等，从来没有得到历史的偏宠，在实践中并非能够无往不胜。

变化周期似乎总在十年到二十年之间。

三十年代以后是五十年代，是匈牙利事变，南斯拉夫的自由化转向，中国的夏季鸣放和庐山净谏，苏共的二十大反"左"报告以及社会的全面"解冻"，欧美各个共产党的纷纷萎缩或溃散，加上美国的麦卡锡主义反共恐怖插曲。对于左翼阵营来说，一个云雾低迷和寒气暗生之秋已经来临。红色政权即便可用武装平息内乱，用政治高压给经济运行的钟表再紧一把发条，但发条上得再紧，很多零件已经出现的锈蚀和裂痕却无法消除，故障噪声已经嘎嘎渐强。

六十年代的狂热一旦落幕，历史的重心再一次向右偏移。共产主义的行情走低，在八十年代一路破底。一夜之间，柏林墙推倒了，革命导师的塑像锯倒了，苏联和东欧国家纷纷易帜，贫穷而愤激的人们成群结队越过边界，投奔西方，寻找面包、暖气、摇滚乐、丰田汽车、言论自由、绿卡以及同情的目光，甚至在凯旋门下或自由女神像下热泪盈眶。在很多地方，"左"已经成了十恶不赦的贬义词。众多知识分子对自己在三十年代和六十年代的经历深表忏悔和羞愧，至少也是闪烁其词，或者三缄其口。相反，重新认识西方的管理体制和技术成就，重新评价个人主义的价值观念，成为全球性知识界流行话题，成了现代人开明形象的文化徽章。

私有化一化到底，已经"化"了的地方也还嫌化得不够，撒切尔主义和里根主义接连出台，向自家园子里的经济国有成分和社会福利政策下刀，竟没有太多的反对派胆敢多嘴。

一个西方记者说，眼下除了梵蒂冈教皇和朝鲜，再没有人批评资本主义了。这个话当然夸大不实。但从全球的范围来看，现在还有多少共产党人或社会党人在继续憎恶利润和资本？还有多少听众会从这些政党的背影汲取自己生存的信心呢？也许，这是一个左翼人士不愿正视的问题，却是他们不得不面对的现实处境。

事情已经大变。对变化的过程，当然还需历史学家做出更周详更精确更清晰的描述。一个基本的现象，却不难在我们粗略的回顾中浮现，不难成为我们的视角之一：经过一个短短的周期，历史似乎又回到了原点——六十年代再版了三十年代，八十年代则是以西方一片炫目的现代化昌荣，使五十年代得到了追认和复活。

下一个十年，会怎么样？

再下一个十年或二十年，又会怎么样？

我听到未来正在一步步悄然而近。三十年河东，三十年河西；物极必反，阴尽阳还；风水轮流转；七八年再来一次……中国人对历史演变规律的朴素把握，杂有过多神秘的揣测，两分模式也显得过于粗糙。我对此不感兴趣。我感兴趣的是，历史是被什么样的一只手在操纵？我感兴趣的是，不管是左还是右，一种思想是如何由兴到亡？一种体制是如何由盛及衰？它们是如何产生、然后耗竭了自己的思想活力和体制优势？如何获取、然后丧失了自我调整自我批判自我革新的机能？
如何汇聚、然后流散了自己的民意资源和道义光辉从而滑向了困局——
乃至冷酷无情的大限？

　　想一想这些问题，似乎显得有些傻。

三

　　切，是南美洲穷苦人民对格瓦拉简短的昵称，也几乎成了相当时
期内在他们之间秘密流传的神圣暗语。

　　这个神圣的暗语生于1928年，是西班牙人和爱尔兰人的后裔，年
轻时就习惯于独身徒步长旅，结识和了解社会最底层的卑贱者。他所
献身的革命游击战在古巴获胜之后，这位卡斯特罗的密友，这位全国
土地革命委员会主席和国家银行行长，因为失望于胜利以后的现实，
突然从所有公众场合销声匿迹。

　　1965年10月，卡斯特罗公布他留下来的一封信，信中只是说："因
为其他国家需要我微薄力量的帮助"，他决定去那些国家重新开始斗
争。这位命中注定的"国际公民"，这位被哲学家萨特称为"我们时代
完美的人"，后来在刚果和玻利维亚等地的故事，我是从一部录像带里
看到的。录像带有些陈旧模糊，制作者显然是一个西方主流派的文化
人。在他的镜头下，格瓦拉消瘦苍白，冷漠无情，偏执甚至有些神经
质，是一个使观众感到压抑和不安的游击战狂人。即便如此，狂人在
雨夜丛林中的饥饿，在群山峻岭中衣衫褴褛的跋涉，在战火中的身先
士卒以及最后捐躯时的从容——还有孤独，仍然深深烙印在我的记忆里。

　　他流在陌生异乡的鲜血，他被当局砍下来然后送去验证指纹的双

手，无疑是照亮那个年代的理想主义闪电——尽管关于他的录像带，眼下是最滞销的之一，最没有人要看的之一。租带店的青年这样告诉我。

与格瓦拉同时代的吉拉斯，则是另一种类型的理想者。与前者不同的是，吉拉斯不是选择了更左的道路，而是从右的方向开始新的生命——当时他同样官阶显赫位极人臣，1953 年出任南斯拉夫的副总统、国会议长，是铁托最为器重的同志和兄弟。他的第一本书传入中国，是六十年代中期在部分红卫兵中偷偷翻印和传阅着的《新阶级》，与遇罗克的《出身论》同时不胫而走。在我读过的一本油印小册子上，作者当时的译名叫"德热拉斯"。读到他的第二本书则是八十年代了，《不完美的社会》讨论了宗教、帝国主义、现代科技、所有权多样化、暴力革命、民主、中产阶级等问题，给我的印象，作者对这个世界有清醒的现实感，拒绝相信任何"完美"的社会模式。他描绘了资本主义正在汲收社会主义（比方社会福利政策），称社会主义也必须汲收资本主义（比方市场经济）。他的很多观点，无异于后来大规模改革的理论导引。

因为发表这些文章，因为公开在西方报刊撰文同情匈牙利事变，他不但被剥夺了一切职务，而且三度入狱，被指责为革命的罪人。他不是没有预料到这样的后果，不，他是自己选择了通向地狱之路。当他打算与同僚们分道，他满心哀伤和留恋，也不无临难的恐惧。《不完美的社会》中很多论述我已经记不大清楚了，但有一段描写历历在目：这是一个旧贵族留下的大别墅里，灯光辉煌，丰盛的晚宴如常进行，留声机里播送着假日音乐。在一群快乐的党政要人里，只有吉拉斯在灯光照不到的暗角里，像突然发作了热病。他看到革命前为贵族当侍者的老人，眼下在为他的同僚们当侍者。他看到革命前为贵族拉货或站岗的青年，现在仍然在风雪中饥饿地哆嗦。唯一变化了的，是别墅主人的面孔。他突然发现自己面对着一个刺心的问题：胜利的意义在哪里？

就是在这个夜晚，他来回踱步整整一个夜晚。家人不知道他在想什么，他也不愿用他的想法惊扰家人。但他决定了，决定了自己无可返程的启程。如果他一直犹豫着，该不该放弃自己的高位，该不该公示自己的批判，那么在天将拂晓的那一刻，全部勇敢和果决，注入了他平静的双眼。

欧洲一个极为普通的长夜。

这个长夜是一个无可争辩的证明：同情心、责任感、亲切的回忆、挑战自己的大义大勇，不独为左派专有。这个长夜使所有经过了那个年代的我们羞愧，使我们太多的日子显得空洞而苍白。

四

吉拉斯的理论深度不够我解渴，某些看法也存疑。但这并不妨碍我的感动。

我庆幸自己还有感动的能力，还能发现感动的亮点，并把它与重要或不重要的观念剥离。我经历大学的动荡、文场的纠纷、商海的操练，在诸多人事之后终于有了中年的成熟。其中最重要的心得就是：不再在乎观念，不再以观念取人。因此，我讨厌无聊的同道，敬仰优美的敌手，蔑视贫乏的正确，同情天真而热情的错误。我希望能以此保护自己的敏感和宽容。

从这个意义上来说，吉拉斯的理论是不太重要的，与格瓦拉的区别是不太重要的，与甘地、鲁迅、林肯、白求恩、屈原、谭嗣同、托尔斯泰、布鲁诺以及更多不知名的热血之躯的区别，同样是不太重要的。他们来自不同的历史处境，可以有不同乃至对立的政治立场，有不同乃至对立的宗教观、审美观、学术观、伦理观……一句话，有不同乃至对立的意识形态。但这些多样的意识形态后面，透出了他们彼此相通的情怀，透出了一种共同的温暖，悄悄潜入我们的心灵。他们的立场可以是激进主义也可以是保守主义，可以是权威主义也可以是民主主义，可以是暴力主义也可以是和平主义，可以是悲观主义也可以是乐观主义，但这并不妨碍他们呈现出同一种血质，组成同一个族类，拥有同一个姓名：理想者。

历史一页页翻去，他们留下来了。各种学说和事件不断远退，他们凝定成记忆。后人去理解他们，总是滤取他们的人格，不自觉地忽略了他们身上的意识形态残痕。他们似乎是各种不同的乐器，演奏了同一曲旋律；是不同轨迹和去向的天体，辉耀着同样的星光。

于是，他们的理想超越具体的目的，而是一个过程；不再是名词，更像一个动词。

他们也是人，也有俗念和俗为，不可能没有意识形态局限，难免利益集团的背景和现实功利的定位。挑剔他们的不足、失误乃至荒唐可笑，不是什么特别困难的事。在当今一些批评家那里，即便再强健再精美的意识形态，都经受着怀疑主义的高温高压，也面临着消解和崩溃的危险，何况其他。随便拈一句话，都可揭破其中逻辑的脆弱、词语的遮蔽、任何命题的测不准性质，于是任何肖像都可以迅速变成鬼脸。问题在于，把一个个主义投入检疫和消毒的流水线，是重要而必要的；但任何主义都是人的主义，辨析主义坐标下的人生状态，辨析思想赖以发育和生长的精神基质和智慧含量，常常是更重要的批判，也是更有现实性的批判，是理论返回生命和世界的入口。

意识形态不是人性的唯一剖面。格瓦拉可以过时，吉拉斯也可以被消解，但他们与仿格瓦拉和伪吉拉斯永远不是一回事。他们的存在，使以后所有的日子里，永远有了崇高和庸俗的区别。

这不是什么理论，不需要什么知识和智商，只是一种最简单最简单的常识，一个无须教授也无须副教授无须研究生也无须本科生就能理解的东西：

美的选择。

年轻的时候读过一篇课文，"Libido for Ugly"（《对丑的情欲》），一个西方记者写的。文章指出实利主义的追求，使人们总是不由自主地爱上丑物丑态，不失为一篇幽默可心警意凌厉的妙文。很长时间内，我也在实利中挣扎和追逐，渐入美的忘却。平宁而富庶的小日子正在兴致勃勃地开始，忘却是我们现代人的心灵安全设备。我们开始习惯这样的政治：一个丛林里的"红色高棉"，第二职业是为政府军打工。我们开始习惯这样的宗教：一个讲堂上仙风道骨的空门大师，另一项方便法门是房地产投机的盘算。我们开始习惯这样的文化多元：在北京的派别纷争可以闹到沸反喧天不共戴天的程度，但纷争双方的有些人，一旦到了深圳或香港，就完全可能说同样的话，做同样的事，设同样的宰客骗局，享受同样的异性按摩，使人没法对他们昨日的纷争较真。

我们开始习惯西方资本主义的语言强制，interest（利益）与interest（兴趣）同义，business（生意）与business（正事）同义，这样的语言逻辑十分顺耳。我们习惯越来越多名誉化的教授、名誉化的官员、名誉化的记者、名誉化的慈善家和革命党，其实质可一个"利"字了结。总之，我们习惯了宽容这些并不违法的体制化庸俗。我们已经习惯把"崇高"一类词语，当作战争或灾难关头的特定文物，让可笑的怀旧者们去珍藏。

我们只有在猛然回头的时候，偶尔面对那些曾经感动过我们的人，才会发现我们少了点什么。不，我们似乎什么也没少，甚至比以前更加自由和丰富，但我们最终没法回避一个明显的事实：我们的内心已经空洞，我们的理想已经泛滥成流行歌台上的挤眉弄眼，却不再是我们的生命。

没有理想的自由，只是千差万别的行尸走肉。没有理想的文化多元，只是服装优美设备精良的诸多球赛，一场场看去都没有及格的水准，没有稍稍让人亮眼的精神记录。

五

理想从来没有高纯度的范本。它只是一种完美的假定——有点像数学中的虚数，比如$\sqrt{-1}$。这个数没有实际的外物可以对应，而且完全违反常理，但它常常成为运算长链中不可或缺的重要支撑和重要引导。它的出现，是心智对物界和实证的超越，是数学之镜中一次美丽的日出。

严格地说，精神的$\sqrt{-1}$还有"自由""虚无""人性""自我""真实"等。只要没有丧失经验的常识，谁会相信现实中的人可以拥有完全绝对的"自由"呢？可以修炼出完全绝对的"虚无"？可以找到完全抽象的"人性"？可以裸示完全独立的"真实自我"？……但是，如果因而取消这一类概念，取消这些有益的假定，我们很难想象人类迄今为止的历史是什么样子。

比较起来，在很多人那里，理解"理想"比理解其他假定要困难得多，总是让人大皱眉头，不管加上多少限定成分的作料，配上多少美言名言格言的开胃酒水，还是咽不下这一个词。这并不妨碍他们正在努力——也在要求别人努力——理解世俗，理解唯利是图，理解摧眉折腰和卖友告密，理解三陪小姐和红灯区，理解用红包买来的文学研讨会，理解十万元养一条狗，理解中国人对中国人偏偏不讲中国话。

理解是个意义含混的词。理解不等于赞同。理解加激赏算是理解，理解但有所保留算不算理解？理解但提出异议算不算理解？提出异议但并没有要求政府禁止没有设冤狱也没有搞打砸抢，为什么就要被指责为白痴或暴徒式的"不理解"？驳杂万端的世俗确实不可能定于一格，需要人们有更多的理解力。这个要求一点也不过分。问题的另一方面是：中产阶级是世俗，远没有中产起来的更多退休工和打工仔也是世俗；星级宾馆里的欲望是世俗，穷乡僻壤里的朴实、忠厚、贫困甚至永远搭不上现代化快车的可能也是世俗；商品经济使这里富民强国是世俗，从全球的范围来看，商品经济造成贫富差别、环境污染、文化危机等弊端也是世俗，对后者保持距离给予批判的人，其优劣长短生老病死，本身同样是不折不扣的斯世斯俗，是不是也需要理解？"世俗"什么时候成了一部分人而且是一小部分人的会员制俱乐部？

滥用"理解""世俗"一类的词，是一些朋友的盲目和糊涂，在另一些人那里则是文字障眼术，是不便明言的背弃，周到设防的勾搭，早已踩进去了一脚，却继续保持局外者的公允和超然，操作能进能退的优越。这些人精神失节的过程，也是越来越怯于把话说个明白的过程。

其实，真正的理想者不需要理解，甚至压根儿不在乎理解。恰恰相反，如果他每天都要吮理解的奶瓶，都要躺入理解的按摩床，千方百计索取理解的回报，如果他对误解的处境焦急和愤懑，对掉头而去的人渐生仇恨乃至报复之心，失去了笑容和平常心，那么他就早已离理想十万八千里，早已成为自己所反对的人。

理想的核心是大爱和利他，而利他须以他人的利己为条件，为着落——绝不是把利益视为一种邪恶然后强加于人。光明不是黑暗，但光明以黑暗为前提，理想者以自己并不一定赞同的众多异类作为永远忠诚奉献的对象。他们不会一般化地反对自利，只是反对那种靠权势榨取人们奴隶式利他行为的自利。而刻意倡导利他的人，有时恰恰会是这些人——当他们手里拿着奴隶主的鞭子。理想者也不会一般化地反对庸俗，只是反对那种吸食了他人血肉以后立刻嘲笑崇高并且用"潇洒""率真"一类现代油彩打扮自己的庸俗。而刻意歌颂崇高的人，有时恰恰会是这些人——此时的他们可能正在叩门求助，引诱他人再一次放血。

在这个意义上，理想最不能容忍的倒不是非理想，而是非理想的极端化、恶质化、强权化——其中包括随机实用以巧取豪夺他人利益的伪理想。

六

历史上，暴君肆虐、外敌入侵、天灾降临之际，大多数人须依靠整体行动才能抵抗威胁，理想便成为了万众追随的旗帜，成为一幕幕历史壮剧的脚本。对于理想者来说，这是一个理解丰收的时代。但好心人不必因此自慰，不必在意哲学家关于"人性趋上"的种种喜报。事实上，特定条件下的利义统一，作为理想畅行一时的基础，不可能恒久不变。

理想者更多理解稀缺的时代。在人们的利益更多来自个人奋斗时，社会提供一种利益分割、贫富有别、鼓励竞争的格局。这时的理想无助于一己的增利，反而意味着利益它移，于是成为很多人的沉重负担，成为额外的无限捐税，无异于对欲望的压迫和侵夺。他们即便对崇高保持惯性的客套，内心的怀疑、抗拒、嘲弄以及为我所用的曲解冲动却一天天燃烧如炽。这没有什么。好心人不必因此悲哀，不必在意哲学家关于"人性趋下"的诊断。事实上，特定条件下的利义分离，作为理想一时冷落的主要原因，同样不会恒久不易。

舍利取义是群体自保的需要，却不是个体的必然。宗教有一种梦想：使大众统统成为义士和圣徒。每一种教义无不谴责和警戒利欲，无不指示逃离世俗的光明天国，而且奇迹般地获得过成千上万的信众，成了一支支现实的强大力量，成为历史暗夜里一代一代的精神传灯。不幸的是，宗教一旦体制化，一旦大规模扩张并且掌握政权，不是毁灭于自己的内部，滋生数不胜数的伪行和腐败；就是毁灭于外部，用十字军东征一类圣战，用宗教法庭对待科学的火刑，染上满身鲜血，浮现出狰狞面孔。

左派的"文革"是一种仿宗教运动，曾有改造大众的宏伟构思。他们用世界大同的美景，用大公无私的操行律令，用一个接一个交心自省活动，用清除一切资产阶级文化的大查禁大扫荡大批判，力图在无菌式环境里，训练出一个没有任何低级趣味的民族。这场运动得助于它的道义光环，曾鼓动人们的激情，甚至使很多运动对象都放弃心理抵抗，由此多少掩盖了当局在政治、经济等方面的种种不智。但一场以精神净化为目标的运动，最终通向了世界上巨大的精神垃圾场。比较来说，当时的人们还能忍受贫穷——生活毕竟比战争年代要好很多，人们在那时没有失去对革命的信任。人们最无法容忍的，是满世界的假话和空话，是残暴和人人自危的恐怖，是权贵奢华生活的真相大白。

并不是所有的人都经历了当年，都有铭心的记忆。时间流逝，常常使以往的日子变得熠熠闪光引人怀恋。某些左派寻求理想梦幻的时候，可能情不自禁地举起怀旧射镜，投向当年一张张单纯的面孔。是的，那时路不拾遗，夜不闭户，贫有所怜，弱有所助，那时很少妓女、吸毒、官倒，犯罪率很低很低，但那都说明不了什么问题。即便说明当时的人们较为淡泊钱财，问题还是没有解决。淡泊钱财有什么了不起？钱财只是利益的形态之一。原始人也不在乎钱财，但可能毫不含糊地争夺赖以生存的神佑和人肉。下一个世纪的人也不一定在乎钱财，但可能毫不含糊地争夺信息、知识、清洁的空气或季风。我们无须幼稚到这种地步，在这个园子里争夺萝卜的时候，就羡慕那个园子里的萝卜无人问津，以为那些人对白菜的争夺，是四海之内皆兄弟的拥抱。

"文革"当中，利欲其实同样在翻腾，同样推动无义的争夺——只是它更多以政治安全、政治权势、政治荣誉为战利品，隐蔽了对住房、职业、级别、女色的诸多机心。那时的告密、揭发、效忠的劲头，一点也不比后来人们争夺原始股票的劲头小到哪里去。那时很多人对抗恶义举的胆怯和躲避，也一点不逊于后来很多人对公益事业的旁观袖手。我清楚地记得，当时我参加过很多下厂下乡的义务劳动，向最穷的农民捐钱，培养自己的革命感情。但为了在谁最"革命"的问题上争个水落石出，同学中的两派可以互相抡大棒扔手榴弹，可把住进了医院的伤员再拖出来痛打。我还记得，因为父母的政治问题，我被众多的亲人和熟人疏远。我后来也同样对很多有政治问题的人，或父母有政治问题的人，小心地保持疏远，甚至积极参与对他们的监视和批斗——无论他们怎样帮助过我、善待过我。

正是那一段段经历，留下了我对人性最初的痛感。

那是一个理想被万众高歌的时代，是理想被体制化的强权推行天下武装亿万群众的时代。但那些光彩夺目的理想之果，无一不被人们品尝出苦涩。

那是一次理想最大的胜利，也是理想的毁灭和冷却。

七

都柏林的一条大街上，一个马夫用鞭子猛抽一匹瘦马，哲学家尼采突然冲上去，忘情地抱住马头，抚摸一条条鞭痕失声痛哭，让街上所有的人都不知所措。

从这一天起，他疯了。

格瓦拉会不会疯呢？——如果他病得最重时，战友偷偷离他而去；如果他拼到最后一颗子弹时，他的赞美者早已撤到了射程之外；如果他走向刑场时，才知道根本没有人打算来营救，而且正是他曾省下口粮救活的饥民，充当了置他于死地的政府军的线人。

吉拉斯会不会疯？——如果他发现自己倡导的改革，不过是把南斯拉夫引入了一场时旷日久的血腥内战；如果他记忆中当侍者的老人，后来不过是沦为老板一脚踢出门外的难民；如果他思念中拉货或站岗的青年，后来成为了腰缠万贯的巨商，呵斥一大群卖笑为生的妓女，而那些妓女，一边点着闪光的小费一边大骂吉拉斯"傻帽"。

理想者最可能疯狂。理想是激情，激情易导致疯狂（比如诗痴）；理想是美丽，美丽易导致疯狂（比如爱痴）；理想是自由，自由易导致疯狂（疯者最大的特点是失去约束和规范）。理想者的疯狂通常以两种形态出现：一是"文革"，二是尼采。"文革"是强者的疯狂，要把人民造就成神，最后导致了大众性的疯狂。尼采是弱者的疯狂，把人民视为魔，最后逼得自己疯狂。"他们想亲近你的皮和血"，"他们多于恒河沙数"，"你的命运不是蝇拍！"……尼采用最尖刻的语言来诅咒自己的同类。这种狂傲和阴冷，后来被欧洲法西斯主义引申为镇压人民的哲学，当然事出有因。

尼采毫不缺少泪水，毫不缺少温柔和仁厚，但他从不把泪水抛向人间，宁可让一匹陌生的马来倾听自己的号啕。我也许很难知道，他对人民的绝望，出自怎样的人生体验。以他高拔而陡峭的精神历险，他得到的理解断不会多，得到的冷落、叛卖、讥嘲、曲解、陷害，也许超出了我们的想象。他最后只能把全部泪水倾洒于一匹街头瘦马，也许有我们难以了解的酸楚。马是他的一个假定，一个精神的 $\sqrt{-1}$，也是他全部理想的接纳和安息之地。他疯狂是因为他无法在现实中存在下去，无法再与人类友好地重逢。

他终究让我惋惜。孤独的愤怒者不再是孤独，博大的悲寂者不再是博大，崇高的绝望者不再是崇高。如果他真正透看了他面前的世界，就应该明白理想的位置：理想是不能社会化的；反过来说，社会化正是理想的劫数。理想是诗歌，不是法律；可作修身的定向，不可作治世的模板；是十分个人化的选择，是不应该也不可能强求于众、强加于众的社会体制。理想无望成为社会体制的命运，总是处于相对边缘的命运，总是显得相对幼小的命运，不是它的悲哀，恰恰是它的社会价值所在，恰恰是它永远与现实相距离，并且指示和牵引一个无限过程的可贵前提。

在历史的很多岁月里，尤其是危机尚未震现之时，理想者总是一个稀有工种，是习惯独行的人。一个关怀天下的心胸，受到一部分人乃至多数人乃至绝大多数人的漠视或恶视，在他所关怀的天下里孤立无援，四野空阔，恰是理想的应有之义。一个充满着漠视和恶视的时代，正是生长理想最好的土壤，是燃烧理想最好的暗夜，是理想者的幸福之源——主说：你们有福了。

美好的日子。

我呼吸着自由的空气，走入了熙熙攘攘的街市，走入了陌生的人流，走入了尼采不复存在的世纪末。我走入了那种让周围人影都突然变小了的热带阳光，记起了朋友的一句话：我要跳到阳光里去让你们永远也找不到我。我忘不了尼采遥远的哭泣。也许，理解他的疯狂不是一件容易的事情——这是理解人的宿命。理解他写下来但最终没有做下去的话，更是不容易的——那是理解人的全部可能性。

在《创造者的路》一文中，他说：他们扔给隐士的是不义和秽物，但是，我的兄弟，如果你想做一颗星星，你还得不念旧恶地照耀他们。

1995 年 10 月

（最初发表于 1996 年《天涯》杂志。）

佛魔一念间

一

　　佛陀微笑着，体态丰满，气象圆和，平宁而安详。它似乎不需要其他某些教派那样的激情澎湃，那样的决念高峻，也没有多少充满血与火的履历作为教义背景。它与其说是一个圣者，更像是一个智者；与其说在作一种情感的激发，更像是在作一种智识的引导；与其说是天国的诗篇，更像是一种人间的耐心讨论和辩答。

　　世界上宗教很多，说佛教的哲学含量最高，至少不失为一家之言。十字和新月把人们的目光引向苍穹，使人们在对神主的敬畏之下建立人格信仰的道德伦理，佛学的出发点也大体如此。不过，佛学更使某些人沉迷的，是它超越道德伦理，甚至超越了神学，走向了更为广阔的思维荒原，几乎触及和深入了古今哲学所涉的大多数命题。拂开佛家经藏上的封尘，剥除佛经中各种攀附者夹杂其中的糟粕，佛的智慧就一一辉耀在我们面前。"三界唯心"（本体论），"诸行无常"（方法论），"因缘业报"（因果论），"无念息心"（人生论），"自度度人"（社会论），"言语道断"（认知论），"我心即佛"（神义论）……且不说这些佛理在多大程度上逼近了真理，仅说思维工程的如此浩大和完备，就不能不令人惊叹，不能不被视为佛学的一大特色。

还有一个特色不可不提，那就是佛学的开放性，是它对异教的宽容态度和汲纳能力。在历史上，佛教基本上没有旌旗蔽空尸横遍野的征服异教之战，也基本上没有对叛教者施以绞索或烈火的酷刑。佛界当然也有过一些教门之争，但大多只是小打小闹，一般不会演成大的事故。而且这种辱没佛门的狭隘之举，历来为正信者所不齿。"方便多门"，"万教归一"，佛认为各种教派只不过是"同出而异名"，是一个太阳在多个水盆里落下的多种光影，本质上是完全可以融合为一的。佛正是以"大量"之心来洽处各种异己的宗派和思潮。

到了禅宗后期，有些佛徒更有慢教风尚，不惜刀口向内，所谓"逢佛杀佛，逢祖杀祖"，不拜佛，不读经，甚至视屎尿一类秽物为佛性所在。他们铲除一切执见的彻底革命，最后革到了佛祖的头上，不惜糟践自己教门，所表现出来的几分奇智，几分勇敢和宽怀，较之其他某些门户的唯我独尊，显然不大一样。

正因为如此，微笑着的佛学从印度客入中国，很容易地与中国文化主潮汇合，开始了自己新的生命历程。

二

佛家与道家结合得最为直截和紧密，当然是不难理解的。道家一直在不约而同地倾心于宇宙模式和生命体悟，与佛学算得上声气相投，品质相类，血缘最为亲近。一经嫁接就有较高的存活率。

印顺在《中国禅宗史》中追踪了佛禅在中国的足迹。达摩西来，南天竺一乘教先在北方胎孕，于大唐统一时代才移植南方。南文化中充盈着道家玄家的气血，文化人都有谈玄的风气。老子是楚国苦县人，庄子是宋国蒙县人，属于当时文化格局中的南方。与儒墨所主导的北文化不同，老庄开启的道家玄学更倾向于理想、自然、简易、无限的文化精神。南迁的佛学在这种人文水土的滋养下，免不了悄悄变异出新。牛头宗主张"空为道本"，舍佛学的"觉"字而用玄学的"道"字，已显示出与玄学有了瓜葛。到后来石头宗，希迁著《参同契》，竟与道家魏伯阳的《参同契》同名，更是俨然一家不分你我。这些符码的转换，因应并推动了思维的变化。在一部分禅僧那里，"参禅"有时索性改为"参玄"，还有"万物主"本于老子，"独照"来自庄子的"见独"，"天地与万物""圣人与百姓"更是道藏中常有的成语。到了这一步，禅法的佛味日渐稀薄，被道家影响和渗透已是无争的事实。禅之"无念"，差不多只是道之"无为"的别名。

手头有何士光最近著《如是我闻》一书，从个体生命状态的体验，对这种佛道合流做出了新的阐释。他是从气功入手的，一开始更多地与道术相关涉。在经历四年多艰难的身体力行之后，何士光由身而心，由命而性，体悟到气功的最高境界是获得天人合一的"大我"，是真诚人生的寻常实践。在他看来，练功的目的绝不仅仅在于俗用，不在于祛病延寿更不在于获得什么特异神通，其出发点和归宿点，恰恰是要排除物欲的执念，获得心灵的清静妙明。练功的过程也无须特别倚重仪规，更重要的是，心浮自然气躁，心平才能气和，气功其实只是一点意念而已，其他做派，充其量只是一线辅助性程序，其实用不着那么重浊和烦琐。有经验的练功师说，炼气不如平心。意就是气，气就是意，佛以意为中心，道以气为中心。以"静虑"的办法来修习，是佛家的禅法；而以"炼气"的办法来修习，是道家的丹法。

追寻前人由丹通禅的思路，何士光特别推崇东汉时期魏伯阳的《周易参同契》。老子是不谈气脉的。老子的一些后继者重术而轻道,把道家思想中"术"的一面予以民间化和世俗化的强化,发展成为一些实用的丹术、医术、占术、风水术等,于汉魏年间蔚为风尚,被不少后人痛惜为舍本求末。针对当时的炼丹热,魏伯阳说:"杂性不同类,安肯合体居?"并斥之为"欲黠反成痴"的勾当。他的《周易参同契》有决定意义地引导了炼丹的向内转,力倡"炼内丹",改物治为心治,改求药为求道。唐以后的道家主流也依循这一路线,普遍流行"炼精化气,炼气化神,炼神化虚"乃至"炼虚合道"的修习步骤,最终与禅宗的"明心见性"主张殊途而同归。

身功的问题,终究也是个心境的问题;物质的问题,终究也是个精神的问题。这种身心统一观,强调生理与心理互协,健身与炼心相济,较之西方那种纯物质性的解剖学和体育理论,岂不是更为洞明的一种特别卫生法?

在东土高人看来,练得浑身肌肉疙瘩去竞技场上夺金牌,不过是小孩子们贪玩的把戏罢了,何足"道"哉。

三

每一种哲学,都有术和道、或说用和体两个方面。

佛家重道,但并不是完全排斥术。佛家虽然几乎不言气脉,但三身、四智、五眼、六通之类概念,并不鲜见。"轻安"等气功现象,也一直是神秘佛门内常有的事迹。尤其是密宗,重"脉气明点"的修习,其身功、仪轨、法器、咒诀以及灌顶一类节目,铺陈繁复,次第森严,很容易使人联想起道士们的作风和做法。双身修法的原理,也与道家的房中术也不无暗契。英国学者李约瑟就曾经断言："乍视之下，密宗似乎是从印度输入中国的，但仔细探究其（形成）时间，倒使我们认为，至少可能是全部东西都是道教的。"

术易于传授，也较能得到俗众的欢迎。中国似乎是比较讲实际求实惠的民族，除了极少数认真得有点呆气的人，一般人对于形而上地穷究天理和人心，不怎么打得起精神，没有多少兴趣。据说中国一直缺少严格意义上的宗教，据说中国虽有过四大发明的伟绩，但数理逻辑思维长期处于幼稚状态，都离不开这种易于满足于实用的特性。种种学问通常的命运是这样，如果没有被冷落于破败学馆，就要被功利主义地来一番改造，其术用的一面被社会放大，被争相仿冒，成为各种畅销于城乡的实用手册。儒家、佛家、道家、基督教、马克思主义、自由主义、现代主义或绿色思潮……差不多都面临过或正在面临这种命运，一不小心，就只剩下庄严光环下的一副俗相。故在很多人眼里，各种主义，只是谋利或政争的工具；各位学祖，也是些财神菩萨或送子娘娘，可当福利总管一类角色客气对待。

时下的气功热，伴随着易经热、佛老热、特异功能热、风水命相热，正成为世纪末的精神潜流之一。这种现象与国外的一些寻根、原教旨、反西方化动向是否有关系，暂时放下不谈。这里需要指出的是，中国传统文化蕴积极深，生力未竭，将其作为重要的思想资源予以开掘和重造，以助社会进步，以助疗救全球性的现代精神困局，不仅是可能的，而且是已经开始了的一个现实过程。

但事情都不是那么简单。就眼下的情况来看，气功之类的这热那热，大多数止于术的层面，还不大具有一种新人文精神的姿态和伟力，能否走上正道，导向觉悟，前景还不大明朗。要弄迷信骗取钱财的不法之徒，且不去说它。大多数商品经济热潮中的男女，洋吃洋喝后突然对佛道高师们屏息景仰，一般目的是为了健身，或是为了求财、求福、求运、求安，甚至是为了修得特异功能的神手圣眼，好操控麻将桌上的输赢。一句话，是为了习得能带来实际利益的神通。这些人对气功的热情，多少透出一些股票味。

神通利己本身没有什么不好，或者应该说很好，但所谓神通一般只是科学未发明之事，一旦科学能破其奥秘，神通就成为科技。这与佛道的本体没有太大关系，因此将神通利己等同于道行，只是对文化先贤的莫大曲解。可以肯定，无论科技发展到何种地步，要求得人心的清静妙明，将是人类永恒的长征，不可轻言高新技术以及候补高新技术的"神通"（假的除外），可以净除是非烦恼，把世人一劳永逸地带入天堂。两千多年的科技发展在这方面并没有太大的作为。这也就是不能以"术"代"道"、以"术"害"道"的理由。杨度早在《新佛教论答梅光羲君》文中说过："求神不必心觉，学佛不必神通"；"专尚神秘，一心求用，妄念滋多，实足害人，陷入左道"。

这些话，可视为对当下某种时风的针砭。

四

求"术"可能堕入左道，求"道"也未见得十分保险，不意味着从此就有了一枚激光防伪的标识，走到哪里都可牛皮哄哄。

禅法是最重"道"的，主张克制人的物质欲望，净滤人的红尘心绪，所谓清心寡欲，顺乎自然，"无念为本"。一般的看法，认为这些说法涉嫌消极而且很难操作。人只要还活着和醒着，就会念念相续不断，如何"无"得了？人在入定时不视不闻惺惺寂寂的状态，无异于变相睡觉，一旦出定，一切如前，还是摆不脱现实欲念的才下眉头又上心头。

　　熊十力曾对"无我"之说提出过怀疑，认为这种说法与轮回业报之论自相矛盾：既然无我，修行图报岂不是多此一举（见《乾坤衍》）？如果业报的对象还是"我"，还被修行者暗暗牵挂，那就无异于把"我"大张旗鼓从前门送出，又让它蹑手蹑脚从后门返回，开除以后还是留用，主人说到底还是有点割舍不下。

　　诘难总会是有的，禅师们并不十分在意。从理论上说，禅是弃小我得大我的过程。虚净绝不是枯寂，随缘绝不是退屈，"无"本身不可执，本身也是念，当然也要破除。到了"无无念"的境界，就是无不可为，反而积极进取，大雄无畏了——何士光也是这样看的。在他看来，"无念"的确义当为"无住"，即随时扫除纷扰欲念和僵固概念。六祖慧能教人以无念为宗，又说无念并非"止念"，且常诫人切莫"断念"（见《坛经》）。三祖僧璨在《信心铭》中也曾给予圆说："舍用求体，无体可求。去念觅心，无心可觅。"——从而给人心注入了几分积极用世的热能。

　　与这一原则相联系，佛理中至少还有三点值得人们注意：一是"菩提大愿"，即佛陀决意普度众生，众生不成佛则我誓不成佛；二是"方便多门"，即从佛者并不一定要出家，随处皆可证佛，甚至当官行商也无挂碍，从而给入世修为留下了空间；三是"历劫修行"，即佛法为世间法，大乘的修习恰恰是不可离开事功和实践，因此治世御侮也好，济乱扶危也好，皆为菩萨之所有事和应有义。

　　这样所说的禅，当然就不是古刹孤僧的形象了，倒有点像活跃凡间的革命义士和公益模范，表现出英风勃发热情洋溢自由活泼的生命状态。当然，禅门只是立了这样一个大致路标，历来少有人对这一方面作充分的展开和推进，禅学也就终究吸纳不了多少政治学、经济学、军事学、自然科学等，终究保持着更多的山林气味，使积极进取这一条较难坐实。在这种情况下，人们可以禅修身，但不易以禅治世。尤其是碰上末世乱世，"无念"之体不管怎么奥妙也总是让人感觉不够用，或不合用。新文化运动中左翼的鲁迅、右翼的胡适，都对佛没有太多好感，终于弃之而去，便是自然结局。

在多艰多难的人世间，禅者假如在富贵荣华面前"无念"，诚然难得和可爱。但如果"无"得什么也不干，就成了专吃救济专吃施舍的寄生虫，没什么可心安理得的。虫害为烈时甚至还少不了要唐武宗那样的人，来一个强制劳改运动，以恢复基本的经济结构平衡。在另一方面，对压迫者、侵略者、欺诈者误用"无念"，也可能是对人间疾苦一律装聋或袖手，以此为所谓超脱，其实是冷酷有疑，怯懦有疑，麻木有疑，失了真性情，与佛门最根本的悲怀和宏愿背道而驰。

这是邪术的新款，是另一种走火入魔。

佛魔只在一念，一不小心就弄巧成拙。就大体而言，密宗更多体现了佛与道"用"的结合，习密易失于"用"，执迷神秘之术；禅宗则更多体现了佛与道"体"的结合，习禅易失于"体"，误用超脱之道。人们行舟远航，当以出世之虚心做入世之实事，提防心路上的暗礁和险滩。

五

二十世纪初，具有革命意义的量子力学，发现对物质的微观还原已到尽头，亚原子层的粒子根本不能呈现运动规律，忽这忽那，忽生忽灭，如同佛法说的"亦有亦无"。它刚才还是硬邦邦的实在，顷刻之间就消失质量，没有位置，分身无数，成了"无"的幽灵。它是"有"

的粒子又是"无"的波，可以分别观测到，但不能同时观测到。它到底是什么，取决于人们的观测手段，取决于人们要看什么和怎样去看。

不难看出，这些说法与佛家论"心"（包括道家论"气"）几乎不谋而合。很多人太相信它就是一份迟到的检验报告，证实了东土经藏千年前的远见。

佛学是精神学。精神的别名还有真如、元阳、灵魂、良知、心等。精神是使人的肌骨血肉得以组织而且能够"活"起来的某种东西，也是人最可以区别于动物的某种东西——所谓人是万物之灵长。但多少年来，人们很难把精神说清楚。从佛者大多把精神看成一种物质，至少是一种人们暂时还难以描述清楚的物质。如谈阿赖耶识时用"流转""识浪"等词，似乎在描述水态或气态。这种看法得到了大量气功现象的呼应。在很多练功者那里，意念就是气，意到气到，可以明明白白在身上表现出来，有气脉，有经络，有温度和力度。之所以不能用 X 光或电子显微镜捕捉到它，是因为它可能存在于更高维度的世界里而已。也许只要从量子力学再往前走一步，人们就可以完全把握精神规律，像煎鸡蛋一样控制人心了。

在这一点上，有些唯物主义者是他们的同志。比如恩格斯就曾相信，意识最终是可以用物理和化学方法证明为物质的。

这些揣度在得到实证之前，即便是一种非常益智而且不无根据的揣度，似乎也不宜强加于人。洞悉物质奥秘的最后防线能否突破，全新形态的"物质"能否被发现，眼下尚无十足的理由一口说死。更重要的是，如果说精神只是一种物质，那么就如同鸡蛋，是中性的、物性的、不含情感和价值观的，人人都可以拥有和运用——这倒与人类的经验不大符合。在日常生活中，人们称所有扬扬得意之态都是"有精神"，诚然是将"精神"一词用作中性。但更多时候，人们把蝇营狗苟称为"精神堕落"，无意之间给"精神"一词又注入了褒义，似乎这种东西为好人们所专有。提到"精神不灭"，人们只会想起耶稣、穆罕默德、孔子、贝多芬、哥白尼、谭嗣同、苏东坡、张志新……绝不会将其与贪佞小人联系起来。这样看，精神又不是人人都可以或时时都可以拥有的。它可以在人心中浮现（良心发现）；也可以隐灭（丧失灵魂）。它是意识、思维的价值表现并内含价值趋力——趋近慈悲和智慧和美丽，趋近大我，趋近佛。

佛的大我品格，与其说是人们的愿望，不如说是一种客观自然，只是它如佛家所说的阿赖耶识，能否呈现须取决于具体条件。与物理学家们的还原主义路线不同，优秀的心理学和生命学家当今多用整体观看事物。他们突然领悟：洞并不是空，只是环石的增生物。钢锯不是锯齿，只是多个锯齿组合起来的增生物。比起单个的蚂蚁来，蚁群更像是一个形状怪异可怖的大生物体，增生了任何单个蚂蚁都不可能有的智力和机能，足以承担浩大工程的建设（见保罗·戴维斯：《上帝与新物理学》）。这就是整体大于部分之和。同理，单个的人如果独居荒岛，只会退化成完全的动物。只有组成群类之后，才会诞生语言、文化、高智能，还有精神——它来自组合、关系、互动、共生或者叫作"场"一类无形的东西。

这意味着，人类的精神或灵魂就只有一个，是整体性的大我，由众生共有，随处显现，古今仁人不过是它的亿万化身。这也意味着，"灵魂"确实可以不死——这不是说每个死者都能魂游天际，而是对于人类这一个大生物体来说，个人的死亡就如同一个人身上每天都有的细胞陈谢，很难说一一都会留下灵魂。但只要人类未绝，人类的大心就如薪火共享和薪火相传，永远不会熄灭。个人或可从中承借一部分受用，即所谓"熏习"；也可发展和创造，"其影像直刻入此羯摩（即灵魂——引者注）总体之中，永不消灭"。这是梁启超的话，他居然早已想到要把灵魂看成了流动的"总体"。

精神无形无相，流转于传说、书籍、博物馆、梦幻、电脑以及音乐会。假名《命运交响曲》时，贝多芬便犹在冥冥间永生，在聆听者的泪光和热血中复活。这就是整体论必然导致的一种图景。它可以启发我们理解精神的价值定向，理解为何各种神主都有大慈大宥之貌，为何各种心学都会张扬崇高的精神而不会教唆卑小的精神——如果那也叫"精神"的话。换句话说，精神既来自整体，就必然向心于整体，成就于整体，成就于公共的社会福祉，成为对全人类的宽广关怀。

因此，把人仅仅理解为"个人"是片面的，至少无助于我们理解精神。所谓"人群"大于"个人"之和，精神就是这个"大于"之所在，至少是这种所在之一。在这个意义上，"个人"的概念之外，还应有"群人"的概念。所谓入魔，无非是个人性浮现，只执利己、乐己、安己之心，难免狭促焦躁；所谓成佛，则是群人性浮现，利己利人、乐己乐人、安己安人，顿入物我一体、善恶两消、通今古纳天地的圆明境界。

作为这种说法的物理学版本：以还原论看精神，精神是实体和物料，可由人私取和私据，易导致个人囹闭；以整体论看精神，精神便是群聚结构的增生物，不过是一种关系，一种场，只能融会与共享，总是激发出与天下万物感同身受的群人胸怀——佛家的阿赖耶识不过是对它的古老命名罢了。

精神之谜远未破底。只是到目前为止，它看上去是这样一个东西，既是还原论的也是整体论的，是佛和魔的两面一体，是大我与小我的两相交集。

汉语中的"东西"真是一个好词。既东又西，对立统一，能永远给我们具体辩证的智慧暗示。

六

有这样一个流传很广的故事:坦山和尚与一个小和尚在路上走着,看见一个女子过不了河。坦山把她抱过去了。小和尚后来忍不住问:你不是说出家人不能近女色吗,怎么刚才要那样做呢? 坦山说:哦,你是说那个女人吗? 我早把她放下了,你还把她一直抱着。小和尚听后,大愧。

事情就是这样。同是一个事物,看的角度不同,可以正邪迥异。同样一件事情,做的心态不同,也势必佛魔殊分。如上所述,求"术"和求"道"都可成佛,也都可入魔,差别仅在一念,迷悟由人,自我立法,寸心所知。佛说"方便多门",其实迷妄亦多门。佛从来不能教给人们一定之规——绝不像傻瓜照相机的说明书一样,越来越简单,一看便知,照做就行。

世界上最精微、最圆通、最接近终极的哲学,往往是最缺乏操作定规且最容易用错的哲学,一旦让它从经院走入社会,风险总是影随着公益,令有识之士感情非常复杂。从根本上说,连谈一谈它都是让人踌躇的。精神几乎不应是一种什么观念和理论,更不是一些什么术语——不管是用佛学的符号系统,还是用其他宗教的符号系统。这些充其量只是谈论精神时一些临时借口,无须固守和留恋,无须有什么仇异和独尊,否则就必是来路不正居心不端。

禅宗是明白观念并非精神这一点的,所以从来慎言,在重视观念的同时,又不把观念推导、观念澄清、观念革新之类壮举太当回事。所谓"不立文字",所谓"随说随扫",所谓"说出来的不是禅",都是保持对语言和观念的超越态度。《金刚经》警示后人：谁要以为我说了法，便是谤我。《五灯会元》中的佛对阿难说：我说的每一字都是法，我说的每一字都不是法。而药山禅师则干脆在开坛说法时一字不说，只是沉默。他们都深明言语的局限，都明白理智一旦想接近终点就不得不中断和销毁，这实在使人痛苦。

但不可言传的佛毕竟一直被言着传着，且不同程度地渗染到中国传统文化的每一个细胞。在上一个世纪之交，一轮新的佛学热在中国知识界出现。倾心或关注过佛学的文化人，是一长串触目的名单：梁启超、熊十力、梁漱溟、章太炎、欧阳竟无、杨度……一时卷帙浩繁，同道峰起，高论盈庭。这种鼎盛非常的景观直到后来"神镜"（照相机）和"自来火"（电）所代表的现代化浪潮排空而来，直到内乱外侮的烽烟在地平线上隆隆升起，才悄然止息。一下就沉寂了将近百年。

又一个世纪之交悄悄来临了。

何士光承接先学，志在传灯，以《如是我闻》凡三十多万字，经历了一次直指人心的勇敢长旅。其中不论是明心启智的创识，还是一些尚可补充和商讨的空间，都使我兴趣生焉。我与他在北京见过面，但几乎没有说上什么话。我只知道他是小说家，贵州人，似乎住在远方一座青砖楼房里。我知道那里多石头，也多雨。

1994 年 12 月

（最初发表于 1995 年《读书》杂志，已译成英文境外发表。）

当机器人成立作家协会

一

人工智能，包括机器人，接下来还要疯狂碾轧哪些行业？

自"深蓝"干掉国际象棋霸主卡斯帕罗夫，到不久前"阿尔法狗"的升级版 Master 砍瓜切菜般地血洗围棋界，江山易主看来已成定局。行业规则需要彻底改写：棋类这东西当然还可以有，但职业棋赛不再代表最高水准，专业段位将降格为另一类业余段位，只能用来激励广场大妈舞似的群众游戏。最精彩的博弈无疑将移交给机器人，交给它们各自身后的科研团队——可以肯定，其中大部分人从不下棋。

翻译看来是另一片将要沦陷之地。最初的翻译机不足为奇，干出来的活常有一些强拼硬凑、有三没四，像学渣们的作业瞎对付。但我一直不忍去外语院系大声警告的是：好日子终究不会长了。2016年底，谷歌公司运用神经网络的算法催生新一代机器翻译，使此前的错误大减 60%。微软等公司的相关研发也奋起直追，以至不少科学家预测 2017 年最值得期待的五大科技成果之一，就是"今后不再需要学外语"[1]。事情似乎是，除了文学翻译有点棘手，今后涉外的商务、政务、新闻、旅游等机构，处理一般的口语和文件，配置一个手机 App（应用软件）足矣，哪还需要职业雇员？

教育界和医疗界会怎么样？还有会计、律师、广告、金融、纪检、工程设计、股票投资……那些行业呢？

美国学者凯文·凯利（Kevin Kelly）是个乐观派，曾炫示维基百科这一类义务共建、无偿共享的伟大成果，憧憬"数字化的社会主义"[2]。阿里巴巴集团的马云也相信"大数据可以复活计划经济"。但他们未说到的是，机器人正在把大批蓝领、白领扫地出门。因为大数据和云计算到场，机器人在识别、记忆、检索、计算、规划、学习等方面的能力突飞猛进，正成为一批批人类望尘莫及的最强大脑，并以精准性、耐用性等优势，更显模范员工的风采。新来的同志们都有一颗高尚的硅质心（芯）：柜员机永不贪污，读脸机永不开小差，自动驾驶系统永不闹加薪，保险公司的理赔机和新闻媒体的写稿机永不疲倦——除非被切断电源。

有人大胆预测，人类 99% 的智力劳动都将被人工智能取代[3]——最保守的估计也在 45% 以上。这话听上去不大像报喜。以色列学者赫拉利（Yuval Noah Harari）不久前还预言：绝大部分人即将沦为"无价值的群体"，这就是说，"无产阶级"的这件难事还没折腾完，庞大的"无用阶级"又叠加上来。再加上基因技术所造成的生物等级化，"我们可能正在准备打造出一个最不平等的社会"[4]！是的，事情已初露端倪。

---

① 见俄罗斯 2016 年 12 月 28 日《共青团真理报》。

② 见凯文·凯利著《失控》，新星出版社，2010 年版。

③ 赫拉利语，转引自 2017 年 1 月 6 日《环球日报》。

④ 分别见赫拉利著《未来简史》，上海社会科学院出版社，2010 年版；《人类简史》，中信出版社，2014 年版。

"黑灯工厂"的下一步就是"黑灯办公室"，如果连小商小贩也被售货机排挤出局，连保洁、保安等兜底性的再就业岗位也被机器人"黑"掉，那么黑压压的失业大军该怎么办？都去晒太阳、打麻将、跑马拉松、玩一次说走就走的旅行？一旦就业危机覆盖到适龄人口的99%，哪怕只覆盖其中一半，肯定就是经济生活的全面坍塌。在这种情况下，天天享受假日亦即末日，别说社会主义，什么主义恐怕也玩不了。还有哪种政治、社会的结构能够免于分崩离析？

数字社会主义也可能是数字寡头主义……好吧，这事权且放到以后再说。

作为一个文学爱好者，不能不想一想文学这事。这事虽小，却也关系到一大批文科从业者及文学受众。

二

不妨先看看下面两首诗：

其一：
　　西窗楼角听潮声，水上征帆一点轻。
　　清秋暮时烟雨远，只身醉梦白云生。

其二：
　　西津江口月初弦，水气昏昏上接天。
　　清渚白沙茫不辨，只应灯火是渔船。

两首诗分别来自宋代的秦观，和另一位 IBM 公司的"偶得"，一个玩诗的小软件。问题是，有多少人在两首诗前能一眼分辨出"他"和"它"？至少，当我将其拿去某大学做测试，三十多位文学研究生，富有阅读经验和鉴赏能力的专才们，也多见犹疑不决抓耳挠腮。如果我刷刷屏，让"偶得"君再提供几首，混杂其中，布下迷阵，人们猜出婉约派秦大师的概率就更小。

"偶得"君只是个小玩意儿，其算法和数据库一般般。即便如此，它已造成某种程度上的真伪难辨，更在创作速度和题材广度上远胜于人，沉重打击了很多诗人的自尊心。出口成章，五步成诗，无不可咏……对于它来说都是小目标。哪怕胡说八道——由游戏者键入"胡说八道"甚至颠倒过来的"道八说胡"，它也可随机生成一大批相应的藏头诗，源源不断，花样百出，把四个狗屎字吟咏得百般风雅："胡儿不肯落花边，说与兰芽好种莲。八月夜光来照酒，道人无意似春烟。"或是："道人开眼出群山，八十年来白发间。说与渔樵相对叟，胡为别我更凭栏。"……这种批量高产的风雅诚然可恶，但衣冠楚楚的大活人们就一定能风雅得更像回事？对比一下吧，时下诸多仿古典、唐宋风、卖国粹的流行歌词，被歌手唱得全场沸腾的文言拼凑，似乎也并未见得优越多少。口号体、政策体、鸡汤体、名媛体、老干体的旧体学舌，时不时载于报刊的四言八句，靠一册《笠翁对韵》混出来的笔会唱和，比"道八说胡"也未见得高明几何。

诗歌以外，小说、散文、评论、影视剧等也正在面临机器人的野蛮敲门。上世纪 60 年代，美国贝尔实验室早已尝试机器写作。几十年下来，得益于互联网和大数据，这一雄心勃勃的探索过关斩将，终得茧破化蝶之势。日本朝日电视台 2016 年 5 月报道，一篇人工智能所创作的小说，由公立函馆未来大学团队提交，竟在 1450 篇参赛作品中瞒天过海，闯过"星新一奖"的比赛初审，让读者们大跌眼镜。说这篇小说是纯机器作品当然并不全对。有关程序是人设计的；数据库里的细节、情节、台词、角色、环境描写等各种"零部件"，也是由人预先输入储备的。机器要做的，不过是根据指令自动完成筛选、组合、推演、语法检测、随机润色这一类事务。不过，这次以机胜人，已俨如文学革命的又一个元年。有了这一步，待算法进一步发展，数据库和样本量进一步扩大，机器人文艺事业大发展和大繁荣想必指日可待。机器人群贤毕至，高手云集，一时心血来潮，什么时候成立个作家协会，颁布章程选举主席的热闹恐怕也在所难免。

到那时，读者面对电脑，也许只需往对话框里输入订单：

> 男1：花样大叔。女1：野蛮妹。配角：任意。类型：爱情／悬疑。场景：海岛／都市。主情调：忧伤。宗教禁忌：无。主情节：爱犬／白血病／陨石撞地球。语调：任意……

诸如此类。

随后立等可取，得到一篇甚至多篇有板有眼甚至有声有色的故事。

其作者可能是人，也可能是机器，也可能是配比不同的人（HI）机（AI）组合——其中低俗版的组合，如淘宝网上十五元一个的"写作软件"，差不多就是最廉价的抄袭助手，已成为时下某些网络作家的另一半甚至一大半。某个公众熟悉的大文豪，多次获奖的马先生或海伦女士，多次发表过感言和捐过善款的家伙，在多年后被一举揭露为非人类，不过是一堆芯片、硬盘以及网线，一种病毒式的电子幽灵，也不是没有可能。

法国人罗兰·巴特1968年发表过著名的《作者之死》，似已暗示过今日的变局。但作者最后将死到哪一步，将死成什么样子？是今后的屈原、杜甫、莎士比亚、托尔斯泰、曹雪芹、卡夫卡都将在硅谷或中关村那些地方高产爆棚，让人们应接不暇消受不了以至望而生厌？还是文科从业群体在理科霸权下日益溃散，连萌芽级的屈原、杜甫、莎士比亚、托尔斯泰、曹雪芹、卡夫卡也统统夭折，早被机器人逼疯和困死？

技术主义者揣测的也许就是那样。

三

有意思的是，技术万能的乌托邦却从未实现过。这事需要说说。一位美籍华裔的人工智能专家告诉我，至少在眼下看来，人机关系仍是一种主从关系，其基本格局并未改变。特别是一旦涉及价值观，机器人其实一直力不从心。据说自动驾驶系统就是一个例子。这种系统眼下看似接近成熟，但应付中、低速还行，一旦放到高速的情况下，便仍有不少研发的难点甚至死穴——比如事故减损机制。这话的意思是：一旦事故难以避免，两害相权取其轻，系统是优先保护车外的人，还是车内的人（特别是车主自己）？进一步设想，是优先一个猛汉还是一个盲童？是优先一个美女还是一个丑鬼？是优先一个警察还是三个罪犯？是优先自行车上笑的还是宝马车里哭的？……这些 Yes 或 No 肯定要让机器人蒙圈。所谓业内遵奉的"阿西莫夫（Asimov）法则"，只是管住机器人永不伤害人这一条，实属过于笼统和低级，已大大的不够用了。

美国电影《我是机器人》（2004 年）也触及过这一困境（如影片中的空难救援），堪称业内同人的一大思想亮点。只是很可惜，后来的影评人几乎都加以集体性无视——他们更愿意把科幻片理解为《三侠五义》的高科技版，更愿意把想象力投向打打杀杀的激光狼牙棒和星际楚汉争。

其实，在这一类困境里，即便把识别、权衡的难度降低几个等级，变成爱犬与爱车之间的小取舍，也会撞上人机之间的深刻矛盾。原因是，价值观总是因人而异的。价值最大化的衡量尺度，总是因人的情感、性格、文化、阅历、知识、时代风尚而异，于是成了各不相同又过于深广的神经信号分布网络，是机器人最容易蒙圈的巨大变量。哪怕一部分旧变量可控之时，新变量又必定纷纭迭出。舍己为人的义士，舍命要钱的财奴……人类这个大林子里什么鸟都有，什么鸟都形迹多端，很难有一定之规，很难纳入机器人的程序逻辑。计算机鼻祖高德纳（Donald Knuth）因此不得不感叹："人工智能已经在几乎所有需要思考的领域超过了人类，但是在那些人类和其他动物不假思索就能完成的事情上，还差得很远。"[1] 同样是领袖级的专家凯文·凯利还认为，人类需要不断给机器人这些"人类的孩子""灌输价值观"[2]，这就相当于给高德纳补上了一条：人类最后的特点和优势，其实就是价值观。

价值观？听上去是否有点……那个？

没错，就是价值观。就是这个价、值、观划分了简单事务与复杂事务、机器行为与社会行为、低阶智能与高阶智能，让最新版本的人类定义得以彰显。请人类学家们记住这一点。很可能的事实是：人类智能不过是文明的成果，源于社会与历史的心智积淀，而文学正是这种智能优势所在的一部分。文学之所以区别于一般娱乐（比如下棋和玩魔方），就在于文学长于传导价值观。好作家之所以区别于一般"文匠"，就在于前者总是能突破常规俗见，创造性地发现真善美，处理情

---

[1]　转引自贺树龙《人工智能革命：人类将永生或者灭绝》，载 *waitbuywhy.com*。

[2]　见凯文·凯利有关前注。

和义的价值变局。

技术主义者看来恰恰是在这里严重缺弦。他们一直梦想着要把感情、性格、伦理、文化以及其他人类表现都实现数据化，收编为形式逻辑，从而让机器的生物性与人格性更强，以便创造力大增，最终全面超越人类。但他们忘了人类智能在千万年来早已演变得非同寻常——其中一部分颇有几分古怪，倒像是"缺点"。比如人必有健忘，但电脑没法健忘；人经常糊涂，但电脑没法糊涂；人可以不讲理，可以不精算，但电脑没法不讲理和不精算——即不能非逻辑、非程式、非确定性地工作。这样一来，即便机器人有了遗传算法（GA）、人工神经网络（ANN）等仿生大招，即便进一步的仿生探索也不会一无所获，人的契悟、直觉、意会、灵感、下意识、跳跃性思维……包括同步利用"错误"和兼容"悖谬"的能力，把各种矛盾信息不由分说一锅煮的能力，有时候竟让 2+2=8 或者 2+2=0，甚至重量 + 温度 = 色彩的特殊能力（几乎接近无厘头），如此等等，都有"大智若愚"之效，还是只能让机器人蒙圈。

在生活中，一段话到底是不是"高级黑"；一番慷慨到底是不是"装圣母"；一种高声大气是否透出了怯弱；一种节衣缩食是否透出了高贵；同是一种忍让自宽，到底是阿Q的"精神胜利"还是庄子的等物齐观；同是一种笔下的糊涂乱抹，到底是艺术先锋的创造还是画鬼容易画人难的胡来……这些问题也许连某个少年都难不住，明眼人更是一望便知。这一类人类常有的心领神会，显示出人类处理价值观的能力超强而且特异，其实不过是依托全身心互联与同步的神经响应，依托人类经验的隐秘蕴积，相机选择一个几无来由和依据的正确，有时甚至是看似并不靠谱的正确——这样做很平常，就像对付一个趔趄或一个喷嚏，再自然不过，属于瞬间事件。但机器人呢，光是辨识一个"高级黑"的正话反听，就可能要瘫痪全部数据库——铁板钉钉的好话怎就不是好话了？凭什么 A 就不是 A 了？凭什么各种定名、定义、定规所依存的巨大数据资源和超高计算速度，到这时候就不如人的一闪念，甚至不如一个猩猩的脑子好使？

从另一角度说，人类曾经在很多方面比不过其他动物（比如嗅觉和听觉），将来在很多方面也肯定比不过机器（比如记忆和计算），这实在没什么大不了的。但人类智能之所长常在定规和常理之外，在陈词滥调和众口一词之外。面对生活的千差万别和千变万化，文学最擅长表现名无常名、道无常道、因是因非、相克相生的百态万象，最擅长心有灵犀一点通。人类经验与想象的不断新变，价值观的随机生灭和聚散，倒不一定表现为文学中的直白说教——那样做也太笨了，太容易让机器染指了——而是更多分泌和闪烁于新的口吻、新的修辞、新的氛围、新的意境、新的故事和结构。其字里行间的微妙处和惊险处，"非关书也，非关理也"（严羽语），常凝聚着人类处理一个问题时瞬间处理全部问题的暗中灵动，即高德纳所称"不假思索就能完成"之奇能，多是"万象俱开，口忽然吟，手忽然书"（谭元春语），"恍惚而来，不思而至"（汤显祖语），"羚羊挂角，无迹可求"（严羽语），"此时无声胜有声"（白居易语），其复杂性非任何一套代码和逻辑可以穷尽。

四

如果事情就是这样，我们就只能想象，机器人写作既可能又不可能。

说不可能，是因为它作为一种高效的仿造手段，一种基于数据库和样本量的寄生性繁殖，机器人相对于文学的前沿探索而言，总是有慢一步的性质，低一档的性质，"二梯队"里跟踪者和复制者的性质。

说可能，是机器人至少可望胜任大部分"类型化"写作。不是吗？"抗日"神剧总是敌戾我威。"宫斗"神剧总是王痴、妃狠、暗下药。"武侠"神剧总是秘籍、红颜、先败后胜。"青春"神剧总是小鲜肉们会穿、会玩、会疯、会贫嘴，然后一言不合就出走……这些都是有套路的，有模式的，类型化的，无非是"007"系列那种美女＋美景＋科技神器＋惊险特技的电影祖传配方，诱发了其他题材和体裁的全面开花。以至眼下某些同类电视剧在不同频道播放，观众有时选错了台，也能马马虎虎接着看，浑然不觉主角们相互客串。街坊老太看新片，根本无须旁人剧透，有时也能掐出后续情节的七八分。在这里，一点政治正确的标配，一些误会法或煽情点的相机注水，这些人能做的，机器也都能做，能做个大概其。一堆堆山寨品出炉之余，有关的报道、评论、授奖词、会议策划文案等甚至还可由电脑成龙配套，提前准备到位，构成高规格的延伸服务。

机器人看来还能有效支持"装×族"的写作——其实是"类型化"的某种换装，不过是写不出新词就写废话，不愿玩套路就玩一个迷宫。反正有些受众就这样，越是看不懂就越不敢吱声，越容易心生崇拜，因此不管是写小说还是写诗，空城计有时也能胜过千军万马。评论嘛，更好办。东南西北先抄上几条再说，花拳绣腿先蒙上去再说。从本雅明抄到海德格尔，从先秦摘到晚清，从热销大片绕到古典音乐……一路书袋掉下来，言不及义不要紧，要的就是学海无涯的气势，就是拉个架子，保持虚无、忧伤、唯美一类流行姿态。"庆祝无意义！"（米兰·昆德拉语）遥想不少失意小资既发不了财，也受不了苦，只能忧郁地喝点小咖啡，能说出多少意义？脑子里一片空荡荡，不说说这些精致而深刻的鸡毛蒜皮又能干什么？显然，过剩的都市精英们一时话痨发作，以迷幻和意淫躲避现实，这些人能做的，机器也都能做，能做个大概其。无非是去网上搜一把高雅句子，再搓揉成满屏乱码式的天书，有什么难的？

还有其他不少宜机（器人）业务。

"类型化"与"装×族"，看似一实一虚，一俗一雅，却都是一种低负载、低含量、低难度的写作，即缺少创造力的写作，在 AI 专家眼里属于"低价值"的那种。其实，在这个世界的各个领域里，"高价值"（high value）工作从来都不会太多。文学生态结构的庞大底部，毕竟永远充斥着我等庸常多数。主流受众有时也不大挑剔，有一口文化快餐就行。那么好，既然制造、物流、金融、养殖、教育、新闻、零售、餐饮等行业，已开始把大量重复性、常规性、技术性的劳动转移给机器，形成一种不可阻挡的时代大势，文学当然概莫能外。在这一过程中，曾被称为"文匠""写手"的肉质写作机器，转换为机器写作，不过是像蒸汽机、电动机一样实现人力替代，由一种低效率和手工化的方式，转变为一种高产能和机器化的方式，对口交接，转手经营，倒也不值得奇怪。只要质量把控到位，让"偶得"们逐步升级，推出一大批更加过得去的作品也不必怀疑——何况"偶得"还有"偶得"的好处。它们不会要吃要喝，不会江郎才尽，不会抑郁、自杀、送礼跑奖，也免了不少文人相轻和门户相争。

显然，如果到了这一步，机器人的作家协会好处不算少，可望相对地做大做强，但只有一条：它终究只能是一个二梯队团体，恐不易出现新一代屈原、杜甫、莎士比亚、托尔斯泰、曹雪芹、卡夫卡等巨人的身影。这就像制造、物流、金融、养殖、教育、新闻、零售、餐饮等行业不论如何自动化，其创造性的工作，"高价值"的那部分，作为行业的引领和示范，至少在相当时间内仍只可能出自于人——特别是机器后面优秀和伟大的男女们。

五

　　问题重新归结到前面的一点：人机之间的主从格局，最终能否被一举颠覆？一种逻辑化、程式化、模块化、工具理性化的 AI 最终能否实现自我满足、自我更新、自我嬗变，从而有朝一日终将人类一脚踢开？……不用怀疑，有关争议还会继续下去，有关实践更会如火如荼八面来潮地紧迫进行。至少在目前看来，种种结论都还为时过早。

　　在真正的事实发生之前，所有预言都缺乏实证的根据，离逻辑甚远，不过是一些思想幻影。那么相信或不相信或半相信这种幻影，恰好是人类智能的自由特权之一。换句话说，也是一件机器人尚不能为之事。

　　人机差异至少在这里再次得到确认。

　　1931 年，捷裔美籍数学家和哲学家哥德尔（Kurt Godel）发布了著名的"哥德尔不完全性定理"，证明任何无矛盾的公理体系，只要包含初等算术的陈述，就必定存在一个不可判定命题，即一个系统漏洞，一颗永远有效的定时炸弹。在他看来，"无矛盾"和"完备"不可能同时满足。这无异于一举粉碎了数学家们两千多年来的信念，判决了数理逻辑的有限性，相当于釜底抽薪，给科学主义、技术主义泼了一大盆凉水。

　　看来，人类不能没有逻辑，然而逻辑是灰色的，生命之树常青；语言、理论、知识等人之所言（名），无论怎样高级也是灰色的，言之所指（实）却常青。换句话说，由符号与逻辑所承载的人类认知无论如何延伸，也无法抵达绝对彼岸，无法最终消弭"名"与"实"的两隔，

"人"与"物"的两隔——数学也做不到这一点。这个世界就是这样要命的略欠一筹。牛津大学的哲学家卢卡斯（Colin Lucas）正是从这一角度确信：根据哥德尔不完全性定理，机器人不可能具有人类心智。

这就是说，改变人机之间的主从关系永远是扯淡，因为世界＞智能＞逻辑这个不等式不可改变——这也许既是人类之憾，也是人类之幸。

哥德尔出生于捷克的布尔诺，一个似乎过于清静的中小型城市。这里曾诞生过现代遗传学之父孟德尔、小说家米兰·昆德拉等，更有很多市民引以为傲的哥德尔。走在这条几乎空阔无人的小街上，我知道美国《时代》杂志评选的二十世纪百名最伟大人物中，哥德尔位列数学家第一，还知道当代物理学巨星霍金一直将他奉为排名最高的导师。我在街头看到一张哥德尔纪念活动的旧海报下，有商业小广告，有寻狗启事，还有谁胡乱喷涂了一句：

上帝就在这里
魔鬼就在这里

这也许是纪念活动的一部分？这意思大概是，哥德尔证明了上帝的存在，因为数学是如此自洽相容；也证明了魔鬼的存在，因为人们竟然无法证明这种相容性。

是这样吧？

当然，并不是所有人都在乎哥德尔。美国著名发明家、企业家库兹韦尔（Ray Kurzweil）就是一个技术主义的激进党，其新锐发声屡屡被大众传媒放大，看来最容易在科盲和半科盲的大多数那里引起轰动，被有些"文青"热议和追捧，以平衡自己无知的愧疚感。据他多次宣称，人类不到 2045 年就能实现人机合一，用计算机解析世界上所有的思想和情感，"碳基生物和硅基生物将融合"为"新的物种"。时间是如此紧迫——这种新物种将很快跨越历史"奇点"（Singularity）[1]，告别人类的生物性漫漫长夜。

在他看来，在那个不可思议的新时空里，在科学家们的新版创世论之下，新物种不是扮演上帝而是已经成为上帝，包括不再用过于原始和低劣的生物材料来组成自己的臭皮囊，不再死于癌细胞、冠心病、大肠杆菌（听上去不错），不再有性爱、婚姻、家庭、儿女和兄妹什么的（听上去似不妙），是不是需要文学，实在说不定……总之，你我他都将陷入一个完全陌生的魔法大故事里去。

请等一等。我的疑问在于，文学这东西要废就废了吧，但关于上帝那事恐怕麻烦甚大，需要再问上几句。

一个小问题是这样：如果那些上帝真是无所不知，想必就会知道一个再简单不过的道理——全员晋升上帝就是消灭上帝，超人类智能的无限"爆炸"（库兹韦尔语）就是智能的泛滥成灾一钱不值。有什么好？相比之下，欲知未知的世界奥秘是何等迷人，求知终知的成功历程是何等荣耀，既有上帝又有魔鬼的生活变幻是何等丰富多彩，人类这些臭皮囊的学习、冥想、争议、沮丧、尝试、求证、迷惘、实践、创造及其悲欣交集又是多么弥足珍贵，多么让人魂牵梦绕。在那种情况下，没有缺憾就不会有欲求，没有欲求就是世间将一片死寂。上帝们如果真是无所不能，如果不那么傻，想让自己爽一点，最可能做的一件事恐怕就是拉响警报，尽快启用一种自蒙、自停、自疑、自忘、自责、自纠，甚至自残的机制，把自己大大改造一番，结束乏味死寂的日子，重新回归人类。

难题最终踢到了上帝们的脚下。他们如果不能那样做，就算不上

---

① 库兹韦尔著《灵魂机器的时代》，上海译文出版社，2006年版。

全能上帝；如果那样做了，就自我废黜了万能的特权。

我并不是说，那些上帝是仁慈的——就像不少技术主义者祈愿的那样。

库兹韦尔先生，我其实很愿意假定有那些上帝，也假定那些上帝并无什么道德感，甚至心思坏坏的太难搞定。不过它们即便一心一意地追求自我利益最大化，恐怕也只有那种"自私"的选择。

那一种纠结就绝无可能？

2017 年 1 月

（最初发表于 2017 年《读书》杂志。）

个人主义正在危害个人

越来越多的人找不到活下去的理由。美国"国家利益"网站 2019年 6 月 3 日报道：2009 年至 2017 年八年间该国的年轻人自杀率增长了 56%，严重抑郁者在不同年龄段的青少年中分别增长 69% 至 100%。相关消息是，美联社同年 9 月 14 日报道：二十年来合成阿片类药物造成的死亡人数增长 800% 以上。而联合国儿童基金会和世界卫生组织同年 11 月 5 日报告，已覆盖人口五分之一的抑郁症，估计在未来十年或十五年内将超过癌症，成为全球第二大致亡疾病，在不少地方成为第一大杀手。

这一趋势无关贫困。自杀率较高的不乏富国，不乏富国的都市和大学，倒是与全球四十多个最不发达国家的重合率极低。

这一趋势似乎也无关道德禁锢。历史上造成各种以身殉教、殉道、殉主、殉亲的意识形态，恰好在这个时代坍塌，让位于纵欲的消费主义最高峰值。

那么每年约八十万人的自杀，数百万人的自伤，已如一次次血腥战争——敌人在哪里？敌人又是谁？

法国社会学家涂尔干（Émile Durkheim）写过著名的《自杀论》。在他看来，西方近代以来所推崇的个人主义，破碎了"作为整体的社会"，使个人与家庭、宗教、社会相脱离，让一些人感到生活空虚并失去目标，因此是一种极端个人主义催生了"利己型自杀"①。眼下，如果我们注意一下身边相关案例，稍稍了解一点案情，看看很多当事人那苍白的面孔、冷漠的眼神、孤独的背影，特别是那里诸多似曾相识的低级心理事故，还有无端的紧张关系，那么重新想起涂尔干，不是什么难事。

僧侣或家族的社会主义

不少人认为，最早的个人主义来自游牧者一个个孤零零的毡包。那些先民没有邻居，或者说邻居总在远处的地平线那边。限于一种刚性的生产方式，他们需要游居，以不断发现新的水草；也必然散居，以便均匀分配各家的水草——扎堆肯定会徒增牛羊觅食之难。与之相异的是，农耕社会里长期定居和聚居的大家族，在这里不可想象。大禹治水一类水利建设所需要的大规模集群协作，在这里也几无根由。除了战争，七零八落、各行其是的生活图景，更是这里的日常。

不过，以游牧为主要生计的西方先民，并不是只认个人，只重个人，只有个人化（或小家化）的习俗。他们有过行会和村社里多见的互助，起码还有宗教。宗教的教产公有、律己守诚、博爱济贫，就是

———————

① 见《自杀论》，涂尔干著，台海出版社，2016 年版。

对个人主义的制衡，差不多是一种僧侣社会主义，特别适合相互陌生的下层民众，比如亚欧大陆上那些足迹漫长而复杂的牧人和难民。日后的《乌托邦》（托马斯·莫尔）与《太阳城》（康帕内拉），作为人们对美好社会的理想，多是在教堂的钟声里萌发。

另一种形态是，儒家成长于东亚，有"雨热同季"等宜农条件，依托稳固的家族体制和亲缘关系。人们在什么地方一住就是几代，甚至几十代，因此更看重"孝悌"：以前者凝聚纵向的长幼，以后者和睦横向的同辈，编织亲属亲情网络。哪怕向外延伸，也是以"父子"推及"君臣"，以"同胞"推及"百姓"，以家喻国，视国为家，往根子上说，或可称为家族社会主义，稍加放大便是天下"大同"的想象。

值得注意的是，十六世纪以后，宗教也好，儒家也好，都成了现代启蒙主义碾轧的弃物。《圣经》说："上帝爱世人。"但上帝是什么，谁能说得清？是那个让童女未孕而生并以圣血清洗世人原罪的耶和华大叔？《尚书》称："天视自我民视。"那么"天"又是什么？白云苍狗不就是一些水蒸气？雷公电母一遇到避雷针，不也得黯然下岗？

显然，因无物理学、生物学、天文学、人类学、经济学等以为支撑，缺乏足够的证据链和逻辑链，先人们只能把一种群体关怀和道德理性大而化之，含糊其词，凑合一点故事想象和武断格言，最终归因于僧侣的"神意"或儒生的"天道"。这在人类文明早期也许够了——放到十六世纪以后，就不大容易听入耳，缺少实验室和方程式的配置。

一个科学的时代正在到场。

随着"神意"和"天道"退去，包括教会、儒林的腐败自损其公信力，群己关系的最大一次失衡由此开始，个人主义也开始由一种文化基因彰显为一种文化巨流。只有到这时候，一些中国学者才开始面生忧色，心生不安，渐启微词。费孝通担心西方文化长于"扬己"而短于"克己"。① 钱穆怀疑西方文化不过是偏离人性的"小我教"而非"大群教"。② 连严复也受欧洲一战的刺激，一反坚定西化派的立场，顾不上自己所译介的《天演论》（赫胥黎著），在晚年写给学生的一封信中，痛斥西方所为不过是"利己杀人，寡廉鲜耻"，反而是自己曾恶批过的孔孟之道"量同天地，恩泽寰区"。不过，这些声音来自一个经济落后的农耕社会，很快就被学西方、赶西方、同西方一个样的激进声浪所淹没，并不能阻止个人主义挟工业化大势，在全球范围内一路高歌猛进。

重己、崇私、尚恶的现代伦理启蒙

看来，"个人"只是一项现代的发明。

英国生物学家达尔文游历世界，写出了《物种起源》，动摇了基督教的创世论。他提出自然选择、适者生存、优胜劣汰，获得了大批死忠粉，也派生出不少夸张的解释或发挥。斯宾塞、赫胥黎、霍布斯、马尔萨斯……这些大牌学者争相把"个人自由竞争"视为现代伦理的核心，把"自然选择"简化为人间互争大法。

即便达尔文不曾这样极端。

在这些人"科学"的目光里，人也是一种动物，人类社会也是凶险丛林，是弱肉强食的喋血屠场，是一切人反对一切人的"永无休止

---

① 参见《文化论中人与自然关系的再认识》，载《费孝通九十新语》，重庆出版社，2005 年版。

② 参见《中国文化史导论》，钱穆著，商务印书馆，1948 年版。

的自由混战"（斯宾塞语）——这既包括个体之间的混战（霍布斯等强调的），也包括群体之间的混战（卡尔·施密特等强调的）。哪怕他人或他们和颜悦色，但无论富豪还是乞丐、白皮肤还是黑头发、陌生路人还是至爱亲朋……严格地说，对任何一个生命主体而言，都是潜在的对手，有天然的敌意，有凶险的虎爪和鹰嘴，其存在本身就是威胁。这种社会达尔文主义，差不多曾被黑格尔一语道破："恶是推动历史进步的动力。"

大争之世必有大争之道。时值资本主义野蛮生长，掠夺与萧条乱象纷呈，战争与革命四处冒烟，全球动荡不安。几乎每个人都恐慌，担心自己落入饥饿、破产、流亡、灭绝的境地。在这种情况下，兔子急了也要咬人，人们都无法坐以待毙，必须摩拳擦掌干点什么，于是"神意"或"天道"的心灵鸡汤自然成了废话，更像是自我精神去势，连社会主义者也听不下去，对不上心，用不上手——倒是恩格斯多次引述黑格尔的"恶动力"说，更愿意用利益的硬道理来解释历史和动员民众。

民主制就是一种政治个人主义。阿伦特（Hannah Arendt）说现代政治的特征就是"私人利益变成公共事务"①。欧克肖特（Michael Oakeshott）也将英国式的代议制，定义为"伦理学中确立的个体主义在政治哲学上的对应物"②。一人一票，当然得个体本位了。至于民主，那不过是通过博弈和契约的方式，追求"生命、自由、财产"（洛克语）三大个人权利，相当于搭建一种 AA 制的临时集体，在无限期的零和游戏中，形成一种争成了啥样就啥样、有机会就再争下去的机制。应该说，这对于及时解放社会中下层（特别是最需财产权的男性工商业

---

① 参见《人的境况》，阿伦特著，上海人民出版社，2009 年版。

② 参见《政治中的理性主义》，欧克肖特著，上海译文出版社，2003 年版。

者），唤醒较大面积的人权意识，意义非比寻常。只是由此伏下一种重己、崇私、尚恶的伦理性半盲，一种基础性的知识片面，到后来才逐渐看得清楚——比如民主既可以结束神权、君权那种虚伪的整体性，一旦需要向外争夺，也可以走火入魔，通向种族主义、殖民主义、法西斯主义的杀戮。

市场化是一种经济个人主义。作为一位重量级辩手，哈耶克（Hayek）既黑马克思，也灭凯恩斯，批评一切红色、粉色、白色的国家干预和社会福利，据说一度有助于扭转某些西方国家的经济失速。只是他的伦理学基点，仍沿袭斯宾诺莎、洛克、康德、尼采、黑格尔、霍布斯一脉，是个人主义的忠实传人。在《通向奴役之路》一书中，他宣称国有化一类出于"人为的设计和强制"，因此是必败的乌托邦；而私有制和市场资本主义的内在优势，不可战胜的最大理由，乃因"自生自发而生"，是一种"自然秩序"。这话听上去耳熟，与社会达尔文主义的"自然选择"明显撞脸。事实上，从亚当·斯密到米尔顿·弗里德曼（Milton Friedmann），主流经济学家都这么说，大学里差不多都是这么教的。在他们看来，人类这些衣冠猴子面对食物和领地时，互争是"自然"，互助当然就是强制；恶是"真实"，善当然就是虚伪……这一叙事数百年来已成普遍共识，板上钉钉，不言而喻，以至日常生活中各种耍奸使坏的私语，大多能引起在场者会心一笑或挤挤眼皮，足以证明它的常识化、默契化，甚至 DNA 化。哈耶克不过是从 DNA 再次提取学问——即便他在日后的经济危机中遭遇冷却。

文化领域里的个人主义更是异象纷呈，其中弗洛伊德当然是不可漏提的一位。他推出了个人主义的非理性版，影响至深至远，以至作家罗曼·罗兰提名他获诺贝尔文学奖，理由是"他的精神分析学……在过去三十年间深深影响了文学界"——后来还差一点就真获了。彼得·沃森（Peter Watson）考虑到"现代主义可以看作是弗洛伊德无意识的美学对应物"①，干脆把自己的大部头取名《思想史：从火到弗洛伊德》。不过，据这本书说，在弗洛伊德以前，"无意识"也好，"力比多"也好，早已是流行话题，并非弗氏发明。他的发明不过是把性欲视为所有癔症的根源，又是所有创造力的奥秘。这使他暴得一时大名，却一再依靠临床数据造假，差不多是"江湖骗子"所为。有意思的是，文化圈根本不理睬精神医学界的质疑和举报。外来的和尚就是好，就是灵，就是"科学"。诗人、小说家、画家、影评人等还是纷纷投奔弗门，热捧"本我／自我／超我"这一高端模式，把他人、思想、道德、法律、公权力、意识形态等统统视为压迫性力量，视为无意识的天然之敌，与神圣"本我"势不两立。

也许，身为单干户，这些人并不觉得群体有多重要，不在乎群体在哪里和怎么样，一直职业性地擅长个人视角。他们最喜欢理法之外的异想天开，差不多都是靠鼻子来嗅思想的，那么拥护弗门的个人化＋非理性，就再容易不过。于是，"自我"从此成了文化圈频度最高的用词，"怎样都行"（达达派语），"他人即地狱"（萨特语），"一切障碍都粉碎了我"（卡夫卡语）等流行金句，满满的精神分析味，满满的疑似荷尔蒙，塑造出各种幽闭的、放浪的、孤绝的、晦涩的文艺风，释放出真痛苦或装痛苦、真疯狂或假疯狂、真多元或冒牌多元的文本，改写了二十世纪全球大半个文化版图。

甚至改写了后来世界上大半个文科的面貌和性能。

相对于理科生，相对于理科的一是一二是二，后来的"文青"们更可能自恋、自闭、自狂，以特立独行自诩，甚至没几分无厘头或神经质，不把自己的生活搞得乱糟糟，就不好在圈子里混一般。后来的青少年亚文化，其中最浮嚣的那些广义"文青"，不在公众面前把自己

① 见《思想史：从火到弗洛伊德》，彼得·沃森著，译林出版社，2018年版。

情绪往颓废里整，往虚无里整，往要死要活的地步整，就疑似平庸的废物，有负"先锋"和"前卫"的自我人设。

鲁迅曾对弗洛伊德不以为然，在《听说梦》一文中讥讽过："婴孩出生不多久，无论男女，就尖起嘴唇，将头转来转去。莫非它想和异性接吻吗？不，谁都知道：是要吃东西！"

只是这种声音在当时为数甚少。

而且有些批评家还一窝蜂上前，在鲁迅的小说里大挖荷尔蒙，一心揪出他这个暗藏的弗门分子，以维护整个文科的团结感和整体感。

整体大于部分之和

一些旅行者在南美洲森林边缘目睹过一幕：一次不慎失火，使荒火像一挂红色的项链围向一个小山丘。一群蚂蚁被火包围了，眼看黑压压的一片将葬身火海，甚至已在热浪中散发出灼伤的焦臭。突然，意料之外，这些无声的弱小生命并未坐以待毙，竟开始迅速行动，扭结成一团，形成一个黑色的蚁球，向河岸突然哗哗哗地滚去。穿越火浪的时候，蚁球不断迸放出外层蚂蚁被烧焦的爆裂声，但蚁球不见缩小。全靠烧焦的蚁尸至死也不离开自己的岗位，至死也相互紧紧勾连，直到整个蚁球最终冲下河流，在一片薄薄的烟雾中，赢得部分幸存者的成功突围……

这一故事随着《蚂蚁的故事》及其学术版《蚂蚁》传闻于世。①

在这个蚁球前，人们也许会感慨万千，联想到人间的志士英烈，

---

① 霍尔多布勒和威尔逊所著《蚂蚁》，获 1990 年美国普利策奖。

那些在灾难或战争面前曾经真实的赴汤蹈火，义无反顾，奋不顾身，惊天地泣鬼神。稍稍不同的是，作为一种高智能动物，能够打领带、读诗歌、订外卖的直立智人，可能还比不上蚂蚁那里的奇妙、敏捷、默契、团结一致，蚂蚁们居然从来不懂何谓懦夫和逃兵。

敲黑板：这也是"自然秩序"！

动物并不是道德家，并不都是温情脉脉和高风亮节。但一只蚂蚁总是将入腹的半消化物反哺同类，让它们分享营养；几只蟹可以帮一只仰面朝天的蟹翻身，以助其恢复行动能力；一群海鸥常相互紧密配合，协同反击来犯的猛禽；一群大象还会对一具象尸依依不舍，久久地绕行和凄厉长号……这都是"自然秩序"的一部分，而且是大部分。它们在生物学家们的笔记、档案、著作、标本库里车载斗量——至于完全独居的动物，其实为数不多，且易于衰退和折损。因此，在更多的生物学家看来，首先是合群，首先是互助，才是自然界的首要通则，是动物强大（比如延长寿命）和进化（比如发展智力）的最大优势。这坐实了整体大于部分之和的道理。"整体决定着各个部分发生作用的情况"（美国物理学家卡普拉语），于是惠及整体的"部分＋"开始出现，不再是散沙化的各个部分。这与热力学第二定律也形成暗合与呼应——作为一种对有机现象的物理学解释，该定律把组织有序、共生互利看作负熵的生命化特征。

在这个意义上，反对社会达尔文主义的，最应该是物理学家和生物学家，包括达尔文的另一面——比如他关注过蚂蚁和蜜蜂的利他行为，还记录过企鹅叼着一条鱼远赴三十英里以拯救目盲伙伴的动人故事。[①]

在个体与个体之间、群体与群体之间，动物诚然不乏互争，不乏有尾和嗜血的"霍布斯"。所谓"天下熙熙皆为利来，天下攘攘皆为利

---

① 参见《人类的由来》，达尔文著，商务印书馆，2009年版。

往"，只是"弱肉强食"远非事实全部，"性本私"并不等于"性本恶"。恰恰相反，"性本私"往往需要更多"性本善"式的友好环境营造。"食肉动物的数目是多么微不足道"（俄国地理学家克鲁泡特金语），即使在哺乳类动物里，据说占比也只有6%，实在是被人们夸张得太多了。动物一般来说也并不缺少食物和空间，蚁战之类多属偶然。若放到种群、生态、气候的大范围或多维度来看，如同时下网民说的来一点观察"升维"，就可以发现：动物"最害怕的并不是其他动物，而是几乎每一年都要发生的气候突然变化"（德国森林学家阿尔登语），还有传染病。请注意，这些宏观事实大异于微观事实。昆虫、鱼类、鸟类、哺乳类的大规模集群迁徙，就是这种情况下的团结求生，构成了一幕幕神奇的壮阔图景。在这一过程中，脱群者往往命运悲惨——相反，组织就是希望，纪律就是出路，合作就是看家本领，担当与牺牲才是普适真理，是"丛林"里必备的正义，差不多就是动物界不言自明的"神意"与"天道"。当它们终于抵达遥远的安全地，也许会忍不住用鸣叫、触须、羽振、液臭一类来交流心得：动物只为己，那才会天诛地灭呢。

个人主义无视或掩盖这一大块"自然秩序"和"自然选择"，算哪门子"科学"？看不到微观利益之外的宏观利益，看不到短期利益之外的长远利益，连某种可持续的个人主义都算不上，即便对个人来说也很不够用，很不负责吧。

他们又科学又哲学又艺术地反复折腾，折腾出很多高学历和大名头，到头来反而不如懵懂的虫鱼鸟兽——仅靠遗传的生理本能，就能直觉到最大利益所在，包括轻易超越博弈论里的"囚徒困境"。这是一个欧美大学里常用的经典案例，说的是两个（设定更多也差不多）嫌犯被拘，明知共同抵赖的结果最优，但因缺乏对同伙的信任和忠诚，只求自己减损，于是双双选择背叛。这样，同伙抵赖的话，自己就能被优待释放；同伙坦白的话，自己也可望坦白在先而被轻判一点点。事实上，他们不约而同争相背叛，把案情越吐越多，不可能达到结果最优，其自身利益最大化的算计，无异于适得其反，对自己下刀。

在这里，同那些愣头愣脑的昆虫、鱼类、鸟类、哺乳类相比，个人主义者的"最大化"在哪里？人们眼睁睁地发现，微观有效再一次≠中观、宏观的有效。他们利益理性的相加，居然加出了一个糟糕的集体非理性，有何优越可言？

何况，从小部落到全球化，从小作坊到跨国集群，人类社会已进入一个组织性、互联性、整体性程度越来越高的新形态，一个社会利益、生态利益、精神利益更为凸显的新时代，生产方式和生活方式更依赖共生互利，更需要群体关切。人们能记得蒸汽机是瓦特改进的，电灯是爱迪生发明的，飞机是莱特兄弟发明的……但互联网呢，手机呢，5G呢，超导呢，纳米技术呢，人造卫星呢，量子计算机呢，如此等等，它们分别是谁发明的？谁能答得上来？可见，哪怕在科技研发领域，单枪匹马的时代也已远去，个人奋斗的造型日渐模糊，黑压压的无名英雄群像却越来越多。研发几乎都成了大协作、长周期的持久共业，成了一些大规模的团体赛和接力赛。如华为公司创始人任正非所说：5G靠的就是"合作与友好的力量"，靠的是数千个数学家、物理学家、化学家及其他专业人才一起扑上去，持续多年集中"朝一个城墙的缺口猛攻"。也是在这个背景下，眼下很多企业的各种人才选用，既要看智商，更要看情商，甚至强调后者的权重须达80%。

什么是情商？说直白一点，就是一种道德觉悟，一种适群者和利群者的心胸、眼界、性情、能力，一种能推进"合作与友好"的阳光品质。

"唯一者"们的世纪困局

战国时代的杨子哲学主张"拔一毛而利天下，不为也"，很快被中国知识界主流拉黑。一千多年后，似乎是杨子附体的德国人施蒂纳（Max Stirner）宣示："人都是利己主义者。""利己主义是自我意识的本质，是历史发展的趋势和真理。""什么对我来说是正当的，那么它就是正当的。"他反对一切纪律、组织、道德、国家以及宗教，终生迷醉于"我"这个世界上的"唯一者"和"纯个人"，堪称"拜我教"的洋鼻祖。当马克思和恩格斯在《共产党宣言》中号召"全世界的无产者联合起来"，他针锋相对地叫板："真正的利己主义者们、唯一者们联合起来！"[①]

据恩格斯说，他这位朋友其实为人温和，只是有些学究气。他年仅四十九岁就在贫困中死去，大概是那年头即便社会达尔文主义正香，他的"情商"也一定吓坏了太多人，吓走了自己的职位、面包、健康、合作人、亲友的笑脸。

差不多是一个欧版杨子的故事重演。

也许，"纯个人""唯一者"的一根筋在实际生活中根本行不通，最终只能害己。这样，哪怕是为了公共关系和营销策略，信奉者看来也需要几分含蓄，几分婉转，再加几分变通，离施蒂纳远一点，比如用"个人主义"来撇清"利己主义"，又用"自我实现"来包装个人主义和极端个人主义，用"物质化时代"指代"利益化时代"和"个人

---

① 参见《唯一者及其所有物》，施蒂纳著，商务印书馆，1989 年版。

利益化时代"，让用语不那么敏感和刺耳，能与道德、公众、精神、诗与远方之类话题马马虎虎兼容，甚至能戴上平民（民粹）主义、民族主义的面具，抢占道德 C 位。这就是说，通行的话语风格务必改变。在很多地方，个人主义由此从一种文化大潮转型为一种文化暗流，有时看上去不过是文化亚健康，不那么要紧。

社会主义革命是穷人抱团闹翻身的故事，从无物质和财务的优势，只能以精神力量和道德理想为立身之本，事实上也一度迸涌出"部分 +"的"大我"气象，至今温暖着很多人的记忆，深藏于老照片或老歌曲。不过，一旦进入和平时期，共同的危机压力缓解，财富和资源逐渐丰裕，大家的个人利益重合度降低，大面积的私欲就必然归来，甚至可能补偿性地加倍袭来——公有制只能压抑出它的虚伪。德育的政治化（如"文革"时期学校里的"思想品德课"只讲阶级斗争），或德育的经济化（如二十世纪后期中国各地官方电视台的新年贺语，几乎全是"恭喜发财"，对公务员、教师、医生、记者、宗教人士也是如此热情励志），会使情况更糟。事实上，自引入市场和私有权，一些地方的笑贫不笑娼、笑贫不笑贪、笑贫不笑刁，没什么了不起，不值得大惊小怪，不过是此前某些人政治投机、政治歧视、政治构陷和迫害的改头换面，其价值观的滑坡却是一脉相承。

往远里看，恩格斯多次引述黑格尔的"恶动力"说（虽未公开肯定），意在为大众争利，有正义的内核，涉及千万万生灵解救，包括倒逼资本主义改革，其意义怎么估价也不为过。但这可能被误解为争利即一切，一如后来的"分田地""富起来""GDP 翻两番"等，一旦被看作最高目标，哪怕是最高的群体目标，也就疑似"文化搭台经济唱戏"（相当于"灵魂搭台肉体唱戏"），把精神事务降格为争利手段。这可能轻忽人们富足之后几乎同样多的问题，也给自己的合法性增加风险——毕竟经济发展难免受挫、失速、停滞、遇到极限之时，毕竟人间最大的正义，是帮助人们在任何时候，包括贫困日子里也能活出尊严和幸福。

GDP远不是幸福的全部。

资本主义社会也面临价值观困境。尽管各地情况不尽相同，但社会达尔文主义是那里共同的前世今生，私有制传统深厚，"拜我教"深藏于各种彬彬有礼之后，虽经多番危机和改革，社会的风险和动荡仍频。如秦晖在《群己权界》①一文中分析的，一般情况下，欧美左、右两派各执一端——前者（美国民主党等）在经济上颇有"群体派"模样，赞成国家干预和全民福利，同情女性、少数族裔、中下层群体；在文化上则偏向"个人派"，差不多是性解放、堕胎权、同性恋、反宗教、纵欲主义文化的啦啦队。相比之下，后者（美国共和党等）在文化上很像"群体派"，最厌恶青年人的自由放任和举止乖张，一直重视家庭、国家、宗教的传统凝聚功能；在经济上倒是"个人派"，醉心于私有制，崇尚个人奋斗，最反感工会、高福利、国有企业这些妨碍市场自由的恶政。一旦气不顺，忍不了奥巴马的医保改革，就乱扣政治帽子，把总统画成头戴红五星、身着绿军装的红色领袖。

至于穷人，没人说不该去帮。只是在左派看来，这属于公共领域，应通过公权力予以制度性安排；而在右派看来，这属于私人领域，只能依靠爱心个体的志愿慈善——不少华尔街富豪确实也愿意慷慨解囊。

秦晖似乎认为，这种左右两派的相互错位、相互卡位，差不多已是一种较好的自然平衡了。只是读者的疑点可能在于，各持一端其实是各有选票利益的牵制吧，否则，双方沟通起来何至于如此装聋作哑心不在焉？医保问题、移民问题、种族问题、控枪问题、流浪者问题、基础设施老旧问题、产业空心化问题……还要不要解决？为什么总是无

---

① 见《凤凰周刊》2006年第8期。

法解决？为什么一些连日本、新加坡、韩国等次等经济体（更不要说中国）都能解决的问题，美国就是死活也解决不了，老是止步在两派相互扒粪、相互死磕、相互刨祖坟的虚耗中？与秦晖对美国的制度信心不同，不少美国人倒是觉得这种制度已经有病，也需要痛加改革（如弗朗西斯·福山等）；或者说，制度再好，也非灵丹妙药，不一定治得了文化和人性的疑难顽症。2010年1月27日的《基督教科学箴言报》载文指出：美国选民们"既要狂喝海吃又不要卡路里，既要挥金如土又想要储蓄，既要性解放又想要完整家庭，既要享受周到的公共设施和社会福利（左翼主张）又不愿缴税（右翼主张）……"有一种"减肥可乐"式的纠结和自我分裂。这意思差不多是，怪不了左派，也怪不了右派，是这一届人民真的不行。选民们本身亦左亦右，非左非右，时左时右，想把天下好事占全，又想把责任统统推卸，因此只能让民主死机，陷于一片道德伦理的深深泥沼。

面对这样一届人民，政治家（哪怕是优秀政治家）能怎么样？真正可行的破局之策在哪里？

人口崩溃是最后的自然吗

诊断个人主义，家庭大概算得上一项重要的体检指标。

家庭是最小的"群"，最小的"公"，最基本的社会细胞和团结单元，即费孝通所说"差序结构"这一同心圆的最小内径，因此是遏阻个人主义的最后一道防线。赫胥黎（Henry Huxley）说过："人生是一场连续不断的自由混战。除了有限的和暂时的家庭关系，霍布斯所说的每个人对抗所有人的战争，是生存的正常状态。"^① 这里的家庭，虽被他贬为"有限"和"暂时"，但还算是他勉强豁免的唯一群体形式。

不幸的是，眼下对于很多人来说，"家"这件事也已难以启齿，"家"的概念日渐空洞。不久前，美国的畅销书《乡下人的悲歌》^② 透露：作者从穷人区一路打拼到大学名校，发现很多同龄人"常为'兄弟姐妹'这个词的意思伤透脑筋：你母亲前任丈夫们的孩子算不算你的兄弟姐妹？如果是的话，你母亲前任丈夫们后来又有了孩子呢？……"其实，美国有犹太－基督教的传统垫底，一般来说维系家庭还算够努力的，只是对于很多人来说，"全家福"的照片过于奢侈，想想都太难。笔者遇到非洲某国一青年作家 P 君，他说该国的新政府投巨资办教育，考试上线者只需填写一张包含家庭情况的表格，便可免费上大学。但居然是这一小小的表格，竟将大半青年挡在门外，因为他们眼下根本没法知道父母分别在哪里，甚至不知道父亲是谁，不知"监护人"是啥东西以及该如何联系……

对那里的"家庭"，我们该如何想象？

好吧，再来看一看东亚。这里的先民曾以家族为价值核心，创造过"国家"这一合成词，血亲意识根深蒂固，绝非"有限和暂时"（赫胥黎语）的小事。上世纪 20 年代末，陶希圣等推动制定《亲属法》，既想扫除腐朽的族权、父权、夫权，又想防堵西方法理中的个人本位，制衡个人主义，至少在"国家"和"个人"之间揉入"亲属"一环，从婚姻、财务、人伦秩序、互助责任等方面来巩固"家"的地位，巩

---

① 参见 *The Struggle for Existence in Human Society*（《人类社会中的生存竞争》），赫胥黎，1888 年版。

② 《乡下人的悲歌》，J.D. 万斯著，江苏凤凰文艺出版社，2017 年版。

固"中国本位的文化建设"①。这与俄国、印度等地一些学人曾企图以立法手段维护他们的村社传统，可谓异曲同工。但这一类努力均告失败。眼下国人们重新热炒孝文化，用法律催儿女们"常回家看看"，不过是大家吃后悔药，亡羊补牢。

韩国统计局 2019 年 8 月 28 日发布数据，显示该国总生育率已降至 0.98，低于紧随其后的日本（1.42），在全世界垫底，意味着人口崩溃危机已经到来（稳定人口的总生育率需要达到 2.1）。中国也不妙，民政部《2017 年社会服务发展统计公报》显示，各地离婚数已升至或超过结婚数的一半，且从历年情况看，前升后降的总趋势恐难逆转，正在助推生育率一路破底（已至 1.7），一个"未富先老"的萧瑟前景和社保困局正在赫然逼近。这一切令人震惊。似乎一夜之间，畏婚、畏育、不婚、不育在东亚已蔚为新潮，儿女被很多人视为经济负担或对自己幸福的侵犯，"累觉不爱"正大幅度削弱、减少、取消家庭。这一切居然发生在往日那个阡陌相连、鸡犬相闻、儿孙满堂的东亚，如果不说是程度最深，至少也是速度最快！

家庭不是人类最基本的"自然选择"和"自然秩序"吗？精子和卵子还要"自然"到哪里去？眉来眼去、谈情说爱、男婚女嫁、生儿育女，这些古老得不能再古老的寻常，怎么"自然"来"自然"去的，竟在当今变成了全社会紧急而艰巨的救援工程——难道断子绝孙才是"自然"所向？连自由主义者赫拉利（Yuval Noah Harari）也不相信这一点。他说过，"欲望并不是出于自由选择"，"自由意志"不过是"自由主义的神话"，人类已暴露出"可驯化的动物"真面目，那些"最容

---

① 参见《中国本位的文化建设宣言》，陶希圣等著，载 1935 年 1 月《文化建设》第 1 卷第 4 期。

易被操纵的人将是那些相信自由意志的人"①。

其实，笃信"自然"的知识界主流，一开始就参与了对人类的"驯化"，参与了他们最憎恶的"人为的设计与强制"。包括伪女权主义就是瓦解千万家庭的"人为"之一，其俗名叫"作"。本来，随着工业化实现，战争与生产都越来越不再依靠肌肉，女性解放拦也拦不住。女人靠撒娇、崇拜、侍候、服从来依附男人的日子一去不返——这一过程还在继续。不过，这并不意味女人看了几部韩剧、几首粉色小诗、几篇"咪蒙"公号的毒鸡汤文，就有理由张牙舞爪打天下，就可以要求"你负责挣钱养家，我负责貌美如花"，把自己当作生活不能自理者，靠专业杠精＋公主病，将男性霸权那一肚子坏水全套照搬。不，这种"不作不死"，与女性解放毫无关系，总是指向幻觉中一切可能的"舔狗"，包括男人也包括女人，比如男方的母亲、姐妹、女亲戚、女同事、女邻居，更不要说那些看上去地位低下的女摊贩和女保姆。换句话说，这种尊卑等级的新款，不可能带来性别的平等与和谐，只可能加大两性沟通成本，造成更多一拍两散的孤男寡女。

"范跑跑"也是一份"拜我教"样本，一个男版的公主病患者。这位 2008 年汶川大地震中的新闻人物，北大才子，据说当教师还不错，竟在轻度地震时弃学生而先跑，还认为哪怕丢下自己母亲，也理所当然，因为他"是一个追求自由和公正的人"，不需要先人后己一类虚招子。这位"纯个人"和"唯一者"的高调自炫，引起了一场公共舆论风波。值得注意的是，至少在风波早期，质疑声音并不占优势，报纸、电视、网络上为他站台的精英大咖众多，甚至有人称颂他为"中国第一文科教师"，连《人民网论坛》也曾载文赞其"诚实是最可贵的美

<hr>

① 参见 The Myth of Freedom（《自由的神话》），赫拉利，载 2018 年 9 月 14 日《卫报》。

德"。直到后来，有人搬出泰坦尼克号沉船（搬出黄继光、关云长、佛陀一类估计不管用），拿他与西方绅士和义士的美德相比，才使公议风头开始转向。不过，对他的支持声量恐怕已给人留下深深寒意，特别是在千万女人的心里。想想看，如果男人都这样，都横下一条心这样了，婚姻的温暖和浪漫还剩下几何？"舔狗"终于暴露狼性，那么一个个小公主还当不当得下去？

在更多底层民众那里，家庭当然还意味着一大堆具体难题。有些困难是心理的。消费主义时尚吊高大家的胃口，穷人也要享富人的福，要比照着广告过日子，那么无房、无车、无包包、不能吃喝玩乐天天爽，简直就没法活，就是十足的苦逼，婚姻自然无从谈起。另一方面，有些困难当真是物理的。房价飙升，医药费看涨，化妆和应酬成了职场刚需，子女的课外班是无底洞，各种生活成本洗劫钱包，自己的那份破职业哪一天还可能不保。在这种情况下，婚姻那事即便成了，岂不也是自添其苦？一旦养育出儿女将来眼中的轻蔑和怨恨，为父母者哪有地缝可钻，又何以面对残生？

于是，心理和物理的两头夹击之下，双重煎熬中，有些人或有出头的机会，但学习、劳动、节俭在他们眼里更是多么扎眼的超级苦逼啊，如果他们不愿这样，不愿这样缺心眼和丢份儿，那么沦为"屌丝"的概率当然小不了。

到最后，作为一片"原子化"的散沙，这些人既无群体抗争的意愿，也无个体抗争的能力，依据个人主义利益理性的精算，弱者的最后出路和自救方略，当然只能是对更弱者下手，比如"啃老"——去父母那里咬牙切齿，连哭带闹，拍桌打椅。

直到父母消失，直到其他更弱者也消失（或搞不定），这些在底层和边缘飘来飘去的独行人，相信满世界十面埋伏，无处不是套路，无一不是操蛋，终于活成了一大批又"渣"又"丧"的游魂。

"我想有个家……"这样的歌常让他们泪流满面心头滴血。但除了毒品或抑郁，他们的家园似乎已无迹可寻。

再敲黑板：这是一个"自然"的过程，还是"驯化"的过程？是一切本该如此还是一切不该如此？

美国电影《超脱》（2011 年）里，一个女校医面对一位浑不吝的问题女生，面对一张永远的冷脸及其挑衅的厉目，终于忍无可忍发出咆哮：

> 啊，上帝！你真肤浅，真令我作呕！
>
> 你想知道事实吗？第一，你进不了任何乐队，也当不了模特，因为你一无所长，没有抱负和努力。你只能去同 80% 的美国劳动力竞争一份薪水低微的工作，直到你最后被电脑取代！第二，你唯一的才能，是让男人们上你，让你的人生变成痛苦不堪的嘉年华，直到你无法忍受，直到每一天每一个小时都难以忍受，情况还会变得更糟！
>
> 现在，我每天来到这个办公室，看着你们作践自己。说实话，熟视无睹太容易了，在乎你们才需要巨大的勇气！
>
> 但你们不配！
>
> 不配！
>
> 滚！滚出去！滚出去！滚你妹！

女校医骂哭了自己。在那一刻，两个女人都是伤害者，也都是受害者，却不知道一切的一切为何会变成这样。

对于她们来说，伏尔泰的一句话也许并非多余："雪崩时没有哪片雪花会认为自己负有责任。"

"上帝"的原型与化身

母亲为什么总是受到歌颂？

一个名校才子"自由和公正"地弃母而逃，跑得比谁都快，为什么总让人觉得不对劲？因为母亲并不是 AA 制下的另一方，更不是博弈者和交易者，通常意味着奉献和牺牲，意味着权利的自我放弃，意味着自我责任的最大化，而不是自我利益的最大化——至少在儿女面前是这样，从而已是儿女生命的一部分。人们日后日夜思念的，是母亲把家里仅有的一张饼给了你，从未扣下自己应有的那一半。人们日后泪如雨下的，是母亲承担了沉重的家务，从未想到无可厚非的所谓母权（如果女权、童权、民权、族权、国权等都是合理的话），不会自己每洗一个碗，要求你也必洗一个，甚至按年龄、体力、食量的公平计算要求你多洗一个。当车祸或地震袭来，母亲最可能下意识地把你搂在怀里护在身下，不惜以命换命，并不在乎自己的安全、健康、美丽乃至性自由。

母亲是人类道德伦理的起点，几乎是上帝的原型和化身。以母爱为代表、为高标的所有美好情感和高尚精神（部分＋），才是"自然选择"和"自然秩序"的最大秘密，一种浩瀚无边和无处不在的伟大力量，使人间得以延续至今，也值得经历一次。

不错，个人当然也是硬道理。只要机器人还未替代人类，私利就真真切切，个人主义也就无法消灭，就是人性和天道的一部分，相关的制度与文化源远流长，需要一种包容、尊重、引导、协调、合理利用——这正是群体关怀的应有之义。

不仅如此，在一个组织性、互联性、整体性更强的人类新时代，阻止个人主义对个人的危害迫在眉睫，实为重建群体关怀的重要议程。否则，如果让个人主义的隐形瘟疫继续反噬世界的方方面面，反噬所有的制度和文化，人类就只能滑入一种可悲的自由落体。在那种情况下，多少年、多少代的启蒙积累也没用，理性这种"激情的奴隶"（休谟语），一不留神就是蒸腾私欲的小奴隶。知识、思想、运动等都会程度不同地成为一地鸡毛，既无心肝，也缺脑子，常常不过是一些小人的借壳上市和谋财分赃。他们的旗号五花八门，但这派或那派都暗伏一颗有毒灵魂，说到底都是小算盘派、有口无心派、入戏太深派、双重标准派，你一嗅就气味可知，你一认真就先输了。

　　进一步说，那种散沙化也是权力、资本、宗教任性和霸凌的条件就位，是利益寡头们最感安全、最可放心、最少民众压力和群体反抗的好日子，甚至是他们最可能被无奈者们奉为救世强人从而加以盼望和欢呼的时刻。

　　德国的施蒂纳之后有希特勒，这一前鉴并不遥远。

　　对这事，你不认真可能就更输了。

2019 年 12 月

　　（最初发表于 2020 年《文化纵横》杂志。）

知识，如何才是力量

在社会人文领域，经济学看上去已最像"科学"，至少最接近"科学"。这一学科在逻辑化、数理化、实证化等方面都努力向理科看齐，且走得最远，表现最为突出，动不动就有统计、民调、量化、实验的硬数据支撑，各种数学建模相当酷炫，不懂高等数学的人根本没法在圈子里混，一般文科生也读不懂他们的文献。但可惜的是，对2008年始于美国华尔街的全球金融海啸和经济地震，这个学科一直麻木不仁，发出预警的吹哨人极为罕见。差一点就囊括了本世纪所有诺贝尔经济学奖的美国大神们，尽管团购批发一般摘金累累，各有骄人建树，从总体上看，却也从未拿出有效对策，来标本兼治产业空心化、不平等加剧、气候变化等危急趋势。两位诺奖得主受聘到华尔街操盘，甚至在汇市、股市里炒得自己大栽跟头①。

相比面目老派一些的哲学、史学、人类学……这个已用数学武装到

---

① 1997年诺贝尔经济学奖得主默顿和斯科尔斯，后来操盘暴亏42亿美元。

牙齿的学科，是不是更像一门低能学科？

政治学也越来越像理科了，一直摆出高冷姿态，客观、严谨、中立、拒绝感情和价值观，但从业者们消耗了天文数字般的学术经费后，在 2016 年几乎异口同声断言：特朗普根本不可能当选！他们后来眼睁睁看到事情偏偏就那样，看到 2021 年初"勤王大军"暴力冲击国会，其憋足了劲的精英反应，也只是发表一份两千多位学者联名的公开信，声称他们"只求理解政治而不参与政治"，呼吁捍卫民主和赶走时任总统，然后了事——是的，了事。如此不痛不痒的半纸鸡汤文，到底"理解"了什么？理解来理解去的结果，不过是一枚油腻和万能的"民主"标签？他们就不能比街头小贩或乞丐说出更多一点智慧？

心理学也好不到哪里去，已越来越依靠药片、仪器、实验室、数据库、模糊数学，其理论前沿已推进到神经元、基因、人机系统、大脑图谱的纵深。与此同时，当世界卫生组织宣布全球严重抑郁症数目一路狂增，将在十至十五年内成为第二大致亡疾病（2019 年）；当法国国家卫生院的德斯穆格（Michel Desmurget）报告，以十多个国家的数据，证明人类的平均智商竟第一次出现隔代下滑（2020 年）；心理的"学"在哪里？能否告诉我们对策和出路何在？随着心理学的产业化，那日益火爆的心理诊疗有偿业务，到底是证明这一学科的成功还是失败？

社会人文"科学"的很多现状就是这样。

这不仅仅是哪一国的现状，全世界似乎都程度不同、特点不同的面临同样的窘境，面临同样的精英危机。

也许，衮衮诸公的研究并非一无是处。蚊子也是肉，钢镚也是钱，众多局部的发现和创见，积累于人类文明的长河，均可望助益新文明的成长。只是从总体上说，从实效上看，这些学科的"科学化"，即向理科的靠拢和模仿，离预期目标还十分遥远，至少尚未出现经济学、政治学、心理学等领域里划时代的牛顿和爱因斯坦，并未在人类重大的困难和挑战面前，有效履行科学家"整理事实、找出规律、并做出结论"（达尔文语）的职责。

他们是在哪里偏离、远离甚至背离了"科学"？

或者，我们是否一开始就误解了"科学"本身？

一个科学的低谷期

Science（科学），中国俗称"赛先生"，在严格意义下限指十六世纪以来的近代自然科学，即"牛顿时代带着唯理论浪潮，也带着经验论浪潮呈现在我们面前"（赖欣巴哈语）[①] 的一系列认识成果。在这里，如赖欣巴哈指出：一是唯理论，一是经验论，两大浪潮的汇合，即数理工具和实验工具的并举，演绎法和归纳法的兼备，才构成了"科学"的成熟形态和清晰边界。

爱因斯坦有类似看法。1953 年，他给一位叫斯威策（J. E. Switzer）的人写信，谈到"西方科学的发展以两项伟大的成就为基础"：其一是"源于古希腊欧氏几何学的形式逻辑体系"；其二是"文艺复兴以来依靠系统的实验以发现因果关系的可能"。他说："人类居然做出了如此发现，（这）才是令人惊奇的。"[②]

在这个意义上，如不少前人所指出，科学是近代以来的特定产物，并不等同于"知识"（否则传统艺人、哲人的所有知识都可算作"科

---

① 见 H. 赖欣巴哈：《科学哲学的兴起》，商务印书馆，2007 年版。

② 见爱因斯坦：《走近爱因斯坦》，许良英编译，辽宁教育出版社，2005 年版。

学"，中医理论更是如此）；也不等同于"正确"（托勒密的地心说，哥白尼的日心说，在后人看来都不算"正确"；热力学、活力学等在将来肯定也这样）。科学只意味着一种并非万能、不会完结的新型知识生产机制及生产过程。不过，这已够激动人心的了。作为欧洲启蒙运动的核心，这种科学，即数理与经验（演绎与归纳）的双引擎发力，缘聚则生，修成正果，贡献了一轮空前的全球性知识爆炸，带来了生产方式与生活形态的翻天覆地——特别是物质层面的巨变，把人类送入现代文明。以致当今太多人，会情不自禁地把"科学"等同于"知识"，再等同于"正确"，一个词集万千宠爱于一身，无限越位，无限升格，视之为可解决一切问题的神器。

这不是不可理解。

——即便这已类似神学家的态度，即很多科学家强烈反对过的态度：以为上（ke）帝（xue）可搞定一切的妄自尊大。

文科一窝蜂向理科看齐，觉得自己不懂"数理"的纷纷内疚，怎么也得"实验"起来的万般焦灼，如此"科学化"潮流，就是在这种情况下发生的。这也许没什么不好。文理之间的互鉴纯属正常。事实上，这也有望克服不少文科著作中常见的空疏、虚玄、零散、模糊、偏好、独断、大而不当，还有过于依赖比喻的抖机灵或耍滑头——出于职业习惯，科学家最反对这样做。

不过，真正懂一点科学，真正学来科学的精神和方法，并且在运用中增强而不是削弱文科自身的所长，克服而不是包装文科自身的所短，并不那么容易。比如，不太好的消息是，文科生所热烈追求的科学——特别是基础科学，在二十世纪却不幸陷入停滞。有心人已发现：1970 年，第一架波音 747 飞机从纽约飞往伦敦用了八小时，而五十年后，类似飞行的时间未见任何缩短。1969 年的载人航天器着陆月球，但接下来的半个多世纪里，人类足迹未能延展得更远，太空探测器也无质的更新，如火箭仍依赖化石燃料。1927 年的列克星敦号航母，最高航速已达三十三节，而七十多年后投入现役的核动力戴高乐号，舰重减轻，航速却只有二十七节。上世纪的 60 年代，很多人认为有生之年可实现星际旅行，但眼下连他们的孙辈，也只能用游戏机去火星。上世纪 50 年代，教授告诉学生们，五十年内人类将实现可控核聚变，清洁能源、人造太阳、海底城市、汽车飞天也不是梦想，但眼下学生的学生告诉学生，再等五十年吧，也许，可能，大概，是外星人远程锁控了我们的大脑（网友语）……

爽约不胜枚举，也令人困惑。回望 1915 年（广义相对论提出）、1927 年（量子力学形成）、1928 年（《基因论》发表），现代科学最重要的几大基石，竟在短短的近二十年间相约而至，高峰迭起，砍瓜切菜一般——那是多么辉煌的狂飙时代呵，后来的人类怎么啦？学制越来越长，经费越来越多，队伍越来越大，论文越来越厚，但悠悠百年过去，科学界仍活在前辈巨人的阴影之下，即便在一些枝枝叶叶的项目那里，很多人也不过是为赛道上毫米级的胜出而毕生呕心沥血。

1900 年 4 月 27 日，一位物理学泰斗在英国皇家研究所的报告会上，对欧洲科学家们预言，物理学已走到尽头。这一刻正在逼近相对论与量子力学二者所构成的分裂僵局。2011 年，美国经济学家泰勒·科文在《大停滞》一书中断言，人们已经摘完了科学"所有低垂的果实"。2013 年，《自然》发表一篇更悲观的文章:《爱因斯坦之后，科学天才灭绝》。美国量子物理学家瑟奇（Christopher Search）认为:"理论粒子物理绝对是一门死学科。""几十年来我们对物理学的理解没有任何根本性的新发展。"其证据之一是:"现在的研究生使用的教材同我读研究生时用的完全一样……如果某个领域取得了根本性突破，难道你不认为教科书会过时，必须被全新的取代吗？"①

好容易，一线机会终于出现。2011年，欧洲"超光速中微子"实验团队（奥普拉）大喜，宣布他们已两次捕捉到这种粒子，打破了爱因斯坦关于光速是极限速度的论断。全球科学界为之一震：显然，这对科学的颠覆将超乎想象，几乎意味着因果律的轰然坍塌，时光机、时间隧道等触手可及。但接下来，各路科学家汇集于白雪皑皑的意大利格兰萨索山，十多万人通过视频日夜观看实验现场，最终只等到一个令人哭笑不得的乌龙：法国籍和瑞士籍的两位团队领导引咎辞职，因为"超光速"并未实现，团队此前的两次假成功，不过是掉链子——"GPS接收器与电脑之间的光缆松动了"。以致一位意大利同行自嘲：这就对了，我们不可能打破自然界的一条基本法则：在意大利，没有任何事情是准时的。②

研究生们的教材看来还是无法更新。

这是新科学临盆前一时的屏息宁静？还是科学在微观和宏观两大铁板之间已脱困无望？没有人知道。当然，基础科学的大体封盘，并不妨碍近几十年来应用科学、应用技术的长足发展，甚至日新月异，遍地开花。人们毕竟迎来了抗生素、电视机、计算机、互联网、核动力、太空望远镜、人工智能……这一切在媒体上眼花缭乱热浪滚滚，正在全面定义新的业态与生活——不过，称为"科学革命"让人犹豫，换上"技术革命""技术繁荣"之类用词显然更合适。不是吗？技术受惠于科学——特别是其基础与核心的原理，总是比后者慢一拍，不过是科学的传导、应用、衍生、物态化以及潜能释放，是科学这棵大树上晚来的开花结果。

---

① 见2020年2月16日《科学美国人》杂志。
② 见2012年4月17日《南方周末》。

人们享受果实时，希望确保果树根系的强旺活力，确保下一轮种苗的萌发，大概不会是一份多余的关切。

理性工具大不如前

人的知识从哪里来？

一个中国人可能这样回答：实事求是，因实求名，格物致知，知行结合，能抓老鼠就是好猫，实践是检验真理的唯一标准……但中国传统中的这一套实践大法，接近西方的"经验论"，在古希腊主流学界那里却基本上行不通。

相反，古希腊学者虽不排斥实践，但不觉得实践是多大的事——也许那些宗教精英、贵族精英们成天翻着羊皮书，对出门干活流汗一类本就不大擅长。在他们眼里，"真理"（true）高于"真实"（fact），是世界固有的内在性逻辑，是以数学为范本的抽象体系。人类不是靠观察，而是靠洞见才能一步步进入那个普遍、绝对、神圣的公理化秘境——为此，你哪怕成天闭门造车，也没什么关系。

有一个根号2的故事。毕达哥拉斯是古希腊伟大的几何学家，最先证明了直角三角形中，"两直角边的平方和等于斜边的平方"。这叫"毕达戈拉斯定理"，又称"勾股定理"或"百牛定理"——因为他的团队曾宰杀一百头牛，欢庆这一伟大定理的诞生。不料，他的学生西伯索斯却发现一个疑点：如果一个正方形边长为1，那么根据该定理，其对角线的长只能是根号2；然而这既不是整数，也不是整数的比，在无理数概念尚未产生的当年，完全是一个怪物。毕达戈拉斯对此也百思不解，守着一条真真切切的线，面对一个逻辑漏洞，惊骇不已痛不欲生。为防止整个公理体系的崩溃，他恼羞成怒，下达封口令，严惩学派"叛逆"，不惜派一群打手出海追击，把那个仓惶出逃的家伙五花大绑，丢入大海喂鱼。这就是说，解决不了问题，就把提出问题的人解决；若事实抵触公理，那就把事实干掉！

事实算什么呢？事实能放之四海而皆准吗？在他们看来，观察和经验一再欺骗我们。想想看，水中折棍、海市蜃楼等，都是这样差点骗过人们眼睛的事实幻影。那么根号 2 肯定也是！

毕达戈拉斯学派就是带着这一股唯理论的狠劲，一种痴迷和一根筋，不管不顾，长驱直入，倒是在演绎法上别有所长——这是事情的另一面。从"万物皆数"（毕达哥拉斯语），到"数学是一切知识中的最高形式"（柏拉图语），到"自然之书是用数学语言写就的"（伽利略语），到"一切科学均可最终转化为数学"（莱布尼兹语），到"数学是科学的皇后"（高斯语）……欧洲的数学狂们层出不穷，创造了埃及、印度、中国等古文明中都不曾有过的一种知识理想和知识类型。习风所染，亚里士多德在《形而上学》中穷究五花八门的本质属性：人有人性，猫有猫性，树有树性，火有火性，三角有三角性，连普遍与具体本身也各有其"性"，自然与理念本身也各有其"性"。这些"性"，或者说这些"是"（Being），在中国人读来很陌生，特别扭，太烧脑，简直没法准确汉译。① 其实，作者不过是想编绘出一册数学式的公理大全，把满天下的抽象本质一网打尽，让它们从不甚完美的"事实"表象中显现出来。

不得不承认，这种准神学家式的执拗，使一种强大的数理工具源远流长。当东方的实践家们有了算术，有了算术就大体够用，能应付

① 可比对中文版亚里士多德：《形而上学》，吴寿彭译，商务印书馆，1981 年版与 1965 年的 Pengquin Books 英译版。

春种秋收、治国安民一类俗务，欧洲的唯理派却收获了数学——包括欧氏几何、无理数、对数法、虚数、微积分等，为"科学"勃兴提供了重要基础。

一旦与发端于英国的经验主义思潮两相汇合，互为依托，便如虎添翼，牛顿时代的喷薄而出就只是迟早问题。人们或是靠实验采集知识，然后用数理加以组织；或是靠数理推测知识，然后用实验加以印证，似乎怎么走都顺，哪一条腿迈在前面都行。以至从某一个节点孤立地看，有时知识还可以跳过实践，在学者密室里以先知预言的方式"先验"地发生——上帝就是这样干的吧？海王星的故事就是这样：先是有人推算出它的空间位置，当天文学家后来架起望远镜，对准夜空中的那个位置时，果然发现了一个小小白点，与预估点位竟相差无几。化学元素周期表的故事也是这样：门捷列夫依据原子质量大小，对元素予以排列和推导，发现了一些先有数据、而无实证的空白格子，而这些当时尚未发现的元素（镓、钪、锗等），事后果然被发现，由实践家们一一捉拿归案。

正因此，爱因斯坦在晚年《自述》一书中谈及真理的标准，除了"外部的证实"，即经验派所拥戴的实践检验，还加上另一条："内在的完备"，包括逻辑的简洁和美（比如他爱不释手的 $E=mc^2$）——这其实是延续唯理派一脉遗风，深切怀念演绎法永远要求的严密与纯净。

"上帝不会掷骰子。"他的另一句名言，显示出他对因果律笃信不疑，相信世界就是笛卡尔心目中那种精密运行的钟表。

提到这一点，是因为唯理派在牛顿时代的好运气，并未延续太久。一旦遭遇现代科学的冲击，一旦触及更深广的未知领域，"钟表"之喻渐渐不合时宜。

不妨耐心回顾一下。源自古希腊的理性主义，一种普遍、绝对、神圣的世界因果秩序，首先在康德等人那里撞上辩证法，陷入正题、反题、合题的迷阵，形式逻辑让位于辩证逻辑，"自相矛盾"从此有了合法性。接着，它在贝叶斯等人那里撞上概率论，必然逻辑让位于或然逻辑，等号几乎都成了略等号，"差不多"和"大概是"从此有了正当权。再后来，它在哥德尔等人那里撞上"不完全性定律"，发现公理的一致性与完全性不可兼得，数学的自洽和相应证明不可兼得，看似完美的逻辑体系原来一直处于带病的状态，不能不让人惊醒和沮丧。与此同时，它被欧氏几何与非欧几何的分裂炸了个半晕，发现在高斯、黎曼等人那里，公说公有理，婆说婆有理，此真理和彼真理居然互不通约，统一逻辑变体为多重逻辑。它还在普朗克、海森堡、玻尔、薛定谔等人那里，被量子力学拖入一片泥沼，发现在亚原子层面的微观世界，与常规世界不同，几乎一切都"测不准"。A 也是 B，有也是无，到底是什么，其随机结论只是取决于人们采用何种观察方法和观察工具，因此因果认知的客观性被釜底抽薪。

连因果律的坚信者爱因斯坦——如果不是在实证层面，至少在假说层面，也对自己伏下了潜在威胁。所谓因果，只能是前因后果吧，只有在时间轴上才有意义吧。然而，恰恰是根据他的相对论，时空不可分割，均在运动中变化。运动的尺在相对变短；运动的钟在相对变慢，达到光速时则时间消失。这就相当于说，一切因果链在那时都会溃散，在超过光速时则会倒置。一个乡下老汉可能因此万分惊骇：照这样说，人岂不会先死而后得病？孙子还会出生在儿子以前？

显然，要安抚老汉，确信这种惊骇大可不必，只能靠一条：宣布时光机之类是无聊的科幻，宣布爱因斯坦就是物理学的终点，关于光速是极限速度的判断永不可动摇。所有后来者都得趁早死心，不要像"奥普拉"团队那样，再去打光速的主意。

人们都会同意这一点？

很多人也无法证伪这一点。一切还是疑雾重重，构成了眼下知识生产的重大困难。换句话说，作为科学远航的双引擎之一，唯理论看上去已透支和冷却，数理工具的有限边界日显，对实验工具引领和支撑的作用远不如昨，即便——如前所述——数理革命的余热还热在应用技术的另一头，包括成为某些文科研究领域的新时尚，包括"数字经济"启爆革新大潮，"大数据""云计算"风起云涌，算法工程师和独角兽企业拿走了业界最丰厚的年薪或利润。

实践也多方面变味

爱因斯坦以后的科学发展，看来主要依重经验路线和经验方法。可望成为科学最新主角的生物学据说就是这样。黑洞、暗物质、希格斯粒子等前沿研究，也多是依据海量的观察和实验，靠的是科学家们务实苦干、摩顶放踵、大海捞针、聚沙成塔——发现海王星的那种先知式奇迹，已十分少见。

这其实很对中国知识传统的胃口。中国古人讲究急用先学，仅靠区区算术就鼓捣出了"四大发明"，还鼓捣出算术因素更弱更少的中医成果。中国人摘取诺贝尔科学奖尚少，但世界上最多的理工科大学毕业生、最多的技术专利申报、最多的科技论文发表、最高增速的新技术产业规模……都汹涌而来蔚为大观。中国人重应用、重实据的务实风格，在一些人看来，不过是儒家传统中"实用理性"（李泽厚语）或"实用主义"（安乐哲语）的一脉相承。

在某种意义上，中国的知识风气远欧陆，而近英美。英国人培根就狂赞过"三（四）大发明"；同是英国人的李约瑟认为中国知识水平远超西方直至 13 世纪。孔夫子则最像美国实用主义的理论旗手"杜威先生"（蔡元培语）。当唯理派走下神坛，英美经验派更愿意强调，毕达哥拉斯的几何学其实源于古埃及修水利、建金字塔的工地，同样是干出来的学问，其人间烟火气不应被掩盖。中国人对这样的说法最可能鼓掌。

这没什么不好。实践确实是真理之母，哪怕在爱因斯坦的那里，也是检验真理的唯二标准之一，响当当的。只是作为科学远航中的另一台引擎，进入现代以来，实践也面临新的故障。

至少可注意下面三点：

1. 实践盲区

这么说吧，前人的观察和实验都较为简易，便于操作，花费不大，也比较个人化。阿基米德靠一盆洗澡水，就可以发现浮力原理。牛顿靠一个枝头掉下的苹果，就可以构想重力学说。伽桑狄在一条航行的船上，从桅顶落下一块石头，就能检验地心说的真伪……那时的科学家都像草根"民科"，多是单枪独马，小打小闹就做出大学问，在知识的荒原上到处开疆拓土。

相比之下，随着日常环境和常规层面的科学发现接近饱和，特别是在物理学领域，易啃的骨头已啃完，科研就不再以米为单位、以克为单位、以秒为单位，而是一头指向亚原子层面的微观，另一头指向深空星际的宏观。这时候，观察和实验的成本急剧升高，"民科"风格就行不通了，绝大多数聪明的人和机构被排拒在机会之外。大型球面射电"天眼"，只有一两个国家可做。一台高能粒子对撞机，动不动就数百亿甚至千亿的投入，连美国、日本都供不起，谁还能玩？故杨振宁建议中国根本不要去搞。在高预算、高设备、高薪酬、高技术产业、高质量教育等配套条件缺位时，发展中国家的很多创新也无从谈起，几乎"被贫穷限制了想象"。很多国家的理科大学近乎奢侈品，既缺财务保障，又缺就业空间，于是重文轻理，甚至弃文从戎，实属学子们的无奈之选，诺贝尔奖这事不必想得太早。

进入一个市场经济时代，若无公权力的大手笔合理调控，很多实践总是缺乏后援。投资商以赢利为目的，只会青睐那些周期短、见效快、有购买力的应用科学和应用技术，宁可对奇巧淫技砸下重金，也不会对荒漠化、农田土质修复、非洲地方病等投入情怀；宁可"山寨""接汤""做下游"，到处捡一些边边角角的业务，也不会对基础科学长期的冷板凳和可能的投资黑洞，多看上一眼。"军工联合体"通常成为拼抢战略红利的优先投入部门。依据同样的利益逻辑，早在1976年，美国的一半医疗支出都用于照顾病人生命的最后六十天，加上另一大块用于性无能和脱发谢顶，相关研发显然不是为大面积穷国和穷人所准备的[①]，也不会顾及商业意义太小的数千种罕见病（且不包括误诊、无名的类似病患）。全世界用于宠物、化妆品、奢侈品的研发投入，只要拿出百分之一，牙缝里省下一点点，培训四十多个极贫国家的脱贫技能也绰绰有余。

长此以往，知识与利益捆绑，知识生产中的一部分，即零收益或收益不确定，却可能是人类迫切需要，乃至整个知识生态中至关重要的那部分，倒可能受到市场挤压，退出人们的视野。

一种知识的失衡不易补救。

2. 实践窄道

一个前辈观察当下的生活，也许也会觉得现代人太无能，在越分

---

① 李尚仁：《现代医学的兴起、挫折与出路》，载金观涛等：《赛先生的梦魇》，东方出版社，2019年版。

越细的现代分工体制下，只能打拼在生产链的一个小小节点，只能是偏才，只能是人形零件，放在相邻工序就是废才，比如医院里的胃博士不可代班肠大夫，管结肠的与管直肠的也各管一段相互袖手。这远不如从前：医生多是全科医生，教师多是"全科"教师（至少可打通文史哲，或打通数理化），连一个农民也可能是"全科"农民（农林牧副渔样样上得手），如此等等。

现代人回到家里也许就更笨了，即便是高学历的白领，也可能煮不好一碗面，洗不好一件衣，更不懂如何修桌子或出门挖草药。他们被"傻瓜化"的各种家用自动设备，被发达的电商配送服务，宠成了一个个"巨婴"，屁股常在沙发里生根，不时靠旅游、八卦、表情包来打发闲暇，还以为自己操弄傻瓜相机就懂得了摄影。

专业细分是知识增长的势所必然，有利于提高劳动效率，不就得这样吗？何况日子过好了，有钱人无须什么事都自己干，很多过时的知识和能力，要丢那就丢了吧。不过，如果他们的实践面过分收窄，"零件化"的职业状态叠加"原子化"的心理状态——某种个人主义的自恋和自闭，就很可能失去走出自我的能力，失去对父母、亲戚、邻居、朋友、服务者、合作者、庶民大众的兴趣和了解，失去在困苦、焦虑、情义、背叛、绝望、斗争、虚伪、牺牲中的历练，欠缺作为一个群居生命不可或缺的社会阅历。如果事情是这样，"巨婴"们就真的长不大了。

经验蕴积不够，必有感受机能的退化失敏，一如赤道居民对"冰雪"一词无感，即便翻字典读懂了，但肌肤、神经、情绪上还是无感。到这一步，任何优秀的文化和思想都不易与他们的心智接轨，更谈不上共振。"奶头乐"（Titty Tainment）的亚文化潮流便会应运而生，取而代之，找到最合适的生长土壤，找到兴风作浪的资本吸金神器。娱乐为王，刺激为王，搞笑搞怪就是一切。因一味迁就受众轻浅的理解力，各种"神剧"都能成为热剧,"狗血"与"鸡汤"最容易成为头条。即便偶尔涉及历史和政治话题,有几枚流行标签就够了。他们一通嘴炮打下来,信者恒信,不信者恒不信。记得的恒记,不愿记的恒不记。碰到不顺耳的看法,有条件时要踩,没条件时创造条件也要踩——事情就这么简单!

这就说到文艺和时论,回到文科知识了。据说"奶头乐"是出于冷战对手的阴谋,是刻意制造娱乐快餐,意在填满弱者心智,消解反抗既得利益者的意愿和能力。其实,即便没有外部输入,即便也不如另一些人所忧,可诿责于父母、学校、社会的"娇惯"和"过度保护",就更深原因而言,只要前述条件和趋势不变,只要人们对社会实践的疏远面、绝缘面、无知面不断增大,这些人想离开文化奶嘴,恐怕也难——这里既有知识的失衡(多表现于理科),也有知识的失真(多表现于文科)。

最日常的现象是,一些大学生居然被小无赖忽悠,一些硕士或博士被校园贷、高消费、假网恋、出国梦、成功学、邪教组织无谓吞噬生命,悲剧时见报端。他们的学业高分,他们的超长网龄,都不足以摆脱"利令智昏"的古老魔咒,不足以换来连古人也不缺乏的基本判断力,无法健全自己成熟和正常的人格。

3. 实践浮影

延续前面的话题,这是指现代人特别容易重知轻行,以知代行,使自己的实践日益虚浮,知识生产"脱实向虚"。

这也是说,牛顿和爱因斯坦那个时代尚属正常,资本主义拉动生产力,知识多服务于实业;然而自后工业化时代以来,正如金融玩起了体内循环,知识也开始服务自己。金融(投机)与知识(自肥)两大产业，已构成新资本主义的双"虚"。事情起码是这样。

读书当然是一件好事。特别是在古代，交通和通信工具不发达，人们的活动半径小，知识多是亲历性的直接知识，所谓要知道梨子的滋味，就亲自吃上一口。由此产生的知识量显然不够，非常不够，人们急需用书本补充间接知识，不能不羡慕"秀才不出门，全知天下事"。尽管庄子对书本并不特别信任，在《秋水》中警告，"可以言论者，物之粗也；可以意致者，物之精也"；陆游也对书本一直警惕，在《冬夜读书示子聿》中感慨，"纸上得来终觉浅，绝知此事要躬行"；但毕竟那时间接知识极度稀缺，读书人都是宝贝疙瘩，直到二十世纪前期，中国军队里的连长或营长，身边能有个识文断字的文书官，能看懂公文和地图的那种，还相当稀罕和要紧。

变化的拐点很快到来。中国的文盲率已从七十年前的80%降至4%，高校毛入学率接近五成，这意味着印刷机、网络服务器开始热得发烫，谓之"信息"的间接知识出现疯长和爆炸，反过来大规模挤压和取代直接知识。在很多人那里，"知识"已等同于书本知识，"良好教育"已等同于完整学历，"知识就是力量"无异于文凭就是身价和话语权。一百本书产生一百零一本书，一千本书产生一千零一本书，知识的自我繁殖和次生、再生链条无可遏止。知识的分支也无比庞杂，以致同科俩博士也可能互为聋子，因分支不同就听不懂对方的概念。从学前班到博士后，从鼻涕娃到白发生，很多人半辈子或大半辈子都在读读读，如果入职院校或媒体，更可能成为终身"书虫"——这种情况在文科领域特别多见，也特别令人担心。

书本有什么不好吗？能因此见多识广、旁征博引、集思广益，充分吸收前人和他人的成果，不正是人类智商提升和文明兴旺的最大优势？

这话没错。不过，美国电影《心灵捕手》（1997年）里，一个禀赋过人的学霸，一位叛逆的天之骄子，曾被老师的一段话震击：

> 你从未离开过波士顿，是吧？所以你说到艺术，只有一些艺术书籍里的粗浅论调，关于米开朗基罗，关于他的政治抱负，关于他与教皇的故事，关于他的性取向和他所有的作品，你知道得很多，对吗？但你不知道西斯廷教堂的气味，你也从未站在那里久久凝视美丽的天花板。

> 如果我说到战争，你会说出莎士比亚的话：共赴战场，亲爱的朋友，如此等等。但你从未接近过战争，从未把好友的头抱在膝盖上，看他呼出最后一口气，向你绝望地呼救。

> 如果说到女人，你八成也会说出个人偏好的谬论，你上过几次床，如此等等，但你说不出你在女人身旁醒来时那种幸福的滋味。你也许会引述十四行诗，但你从未看到过女人的脆弱，也从未看到她能击倒你的双眼，让你感觉到上帝的天使为你而来，把你从地狱里救出。你也并不了解真正的失去，因为唯有爱别人胜过自己的人才能体会，你大概不敢那样爱吧？

> …………

不明书本之短，便有上述电影中的书本学霸，便有"知识最大的敌人——不是无知而是知识的幻觉"（霍金语）。

这些大量冒出的"知道分子"（网友语），与真正的知识分子的最大差别，在于前者缺少现场性的感受和经验，缺少实践的重力与活性。采访、座谈、参观、视察、实习……当然也是实践，聊胜于无，但如果没有足够和深度的做，便不足以激活、消化、修正、补充间接知识——更不要说发展了。永动机的空头理论，看似环环缜密、甚至合得上能量守恒定理，做起来根本没戏，就是这样来的。文科里的"口舌之学"

而非"心身之学"（王阳明语），也是这样来的。笔者曾在一篇文章里说过：一位从未做过任何生意的在教经济学，一位从未参加过任何实战的在教战役学，一个从未当过记者或编辑的居然开讲新闻学，一位既未当过官也未造过反的居然把持政治学，而一位个人品行很糟糕的家伙则可能一再发表伦理学论文……你就那么相信？把他们的学问不断学舌和复制下去，人们就那么放心？

读书充其量只是半教育。积弊日深的全球现有教育体制延绵数百年，经新资本主义的塑造升级更为根深蒂固，需要一种大体检，需要一场大手术。这包括设计和推出一种新制度，视工龄与学历同等重要，更鼓励师生双方对险难岗位工龄、研发工龄、多岗工龄的积攒，以重建人才评价标准体系，大大提升实践的地位，从根本上打掉应试教育、论文生涯所组成的荒唐闭环。如此等等，也许是所有社会改革议程中更具有基础意义的改革——至少是之一。问题是，各种既得利益集团不可能接受这一点。文凭工厂、论文生意等已把他们养得够肥，好日子还得过，知识利益的等级化和垄断化还得加固。哪怕"花钱买版面"在眼下很多地方已见多不怪并寡廉鲜耻，哪怕"SCI 数据库""JCR 报告""影响因子"充满猫腻，不过是出自一家私人公司的生意经，业内不少人心知肚明，但还是会被奉为国际科研评价体系的超级指挥棒。[①]寄生于现有体制的大批教育商、学术商、传媒商、知识官僚已不习惯让实践家——特别是底层的实践家，带着汗水和手茧闯入他们的专属殿堂。

"行万里路"也好，"生活即教育"（陶行知语）也好，这类话也会被他们说一说，出现在什么演讲词里。不过其意思很可能被理解为旅游的消费账单，或看一眼平板电脑里的专题纪录片。如果能成为社会

---

① 江晓原：《SCI 神话早该破了》，瞭望智库公众号，2020 年 2 月 25 日。

公益的形象工程，三两点缀于履历表，那更属难能可贵。

这样，很多企业和事业机构常感到无人可用，而越来越多的大学生却对社会感到畏惧，不愿毕业离开安全的校园，也不愿结束"宅男""宅女"的日子。教育与社会的裂痕日渐扩大，知识的信用度一路下滑。"我喜欢没受过什么教育的人！"特朗普这一口白，迎合了相当一部分底层人对精英阶层的戒心和愤怒，竟助其收割了史上选票第二高的政治人物光环。美国学者尼古拉斯·卡恩斯对全球二百二十八个国家和地区进行统计和比对，发现政治家中，平均学历高的反而比学历低的治理成绩更糟。[①] 连麦肯锡这个全球最大的人力资源咨询管理公司，其老板的用人标准，也是一要 hungry（饥饿），即绝不要富二代、官二代；二是要 street smart（街头聪明）：即灰头土脸摸爬滚打一路拼上来的，切不可是高学历的书呆子。[②]

这类迹象通常会被主流媒体闪过去。不用说，实践主体意味着人民主体，意味着为人民服务的价值观，将严重冒犯某种隐形的政治机心与伦理禁脔。不少媒体人对此心照不宣，不会去斗胆冒险。

下要接地，上要接天

2020 年的美国让人看得步步惊心，一些中国"文革"的过来人大概还有几分眼熟。很多城市在砸雕像、打招牌（大破四旧），游行示威

---

① 见 Nicholas Carnes, *White-Collar Government: The Hidden Role of Class in Economic Policy Making*，University Of Chicago Press，2013。

② 陈平：《罗杰斯破解市场迷雾的经验之谈》，观察者网，2017 年 12 月 29 日。

不断冲击政府和议会（炮打司令部），烧汽车、抢商店、枪击案的暴力呼啸说来就来（文攻武卫），种族压迫的老账与暗中通俄的现行一起查（深挖阶级敌人），家人之间因政治反目并公开举报（亲不亲，路线分），连基本防疫措施也被视为政治陷阱（宁要资本主义的病，不要社会主义的医）……愤怒者几乎把一部历史剧异地重演了一遍。

两相比较，一个中国女孩穿条花裙子被指责为资产阶级的遗毒，与一位西方老妇戴口罩被指责为对自由主义信仰的背叛，实为异曲同工。中国当年并无贫富分化，也没外来移民群体，不存在具体利益冲突，也闹得那么凶，似乎不好理解。当这种失控出现在经济、教育高度发达的地方，出现于"山巅之国"和"上帝选民"，也是一种不好理解。可见，不论东方还是西方，不论在穷国还是富国，人类的理性启蒙成果都不宜过于高估。意识形态教条化、极端化的失控，可随时击溃人的智商和温良，集体犯晕是一个持久的隐患。

其实，意识形态是利益博弈的思想工具，在其早期大多争之以理，多少要照顾到证据与常识；一旦进入教条化、极端化的状态，才会滑向非理性，通常表现为信仰狂热，思维僵硬，脱离实际，无视事实，求助假新闻，成为一种不由分说和不可冒犯的神主。

邓小平在改革开放初期提出"不争论"，不是没有对主义的思考，只是因为书生们吵架误事，耗不起，说不清，不会有任何效果，"越辩越明"之类说法根本不灵。神主一上阵，只可能死磕到底，掀桌子，砸场子，白刀子进红刀子出。那么来一道封口令，便不失为一个不是办法的办法，一种务实者的权宜。

马克思在原则上同样寸步不让，却也至少五次宣称自己"不是马克思主义者"，见诸《马克思恩格斯全集》中文版第35卷385页、第21卷541页附录、第37卷432页、第37卷446页、第22卷81页。这无非是他担心自家学说也进入教条化、极端化的理解，失去生动活泼和包容开放的应有之义。他的自信表现为一再鼓励他人向自己发动质疑。

事情看来是这样，人们只要深入实际，来到现场，面对具体问题，由于各方都熟悉问题的来龙去脉和上下左右，有信息的充分沟通与分享，达成共识是大概率事件。要排涝就排涝，要修车就修车，要包产就包产，要反腐就反腐，谁会同自己的眼睛和钱过不去？除非白痴，很少人不通情理。因此，常见的情况是，越是到工人、农民、商人、基层官员、科技人员那里去，就越少听到意识形态化的口水仗。相反，一旦远离具体现场，一脑子事实换成一脑子理论，人们活得高雅和高深起来，闪耀着这种或那种"政治正确"的神圣光环，事情才会陷入危险，连"花裙子"和"口罩"也能通过"上纲上线"顷刻间变得易燃易爆。到那时，书本左派对抗书本右派，书本激进对抗书本保守，书本效率对抗书本公平……在书本知识的混战危机中，再好的道理都没法说了。

这并不是说"读书越多越反动"，不是说大老粗具有天然优势。事实上，无论学历高低，人们谈"主义"时都容易崩，谈"问题"时都不难磨合，与穿不穿草鞋没关系。这也不是说书本一定会惹祸，而是说这世界上，所有知识最终都需要落地实用。唯实践能清醒所有"永动机"式的理论空想和逻辑迷信，唯实践能给神主知识退烧、脱敏、活血、解毒，是知识重获解释力和引领性的前提，是一切伟大理论活的灵魂。

毛泽东 1937 年撰写《实践论》。一个极穷、极弱、极乱的大国在当时几无发展前例可援，各种洋教条让国人左右皆误一再迷路，若无《实践论》的唤醒，没有一场大规模的知识生产自主解放，全社会行动力的不断凝聚和增强简直无从想象——那是一个并不遥远的生动故事，可为今人借鉴。

这就是"下要接地"的意思。

如果说神主知识不可取，碎片知识同样让人头痛，是时下求知者们的另一大灾情。这样说的背景，是当代的知识产能实在太强了，未来的知识更可能多得令人望而生畏。严格地说，对每一块石头都可考古，给每一个人都可写传记，而天上每一颗星星都值得成立 N 个研究院去探索……但我们需要那么多知识吗？太多信息让电脑死机。太多知识让人不堪其累，会不会反有多方丧生之虞，让人们不是更善于行动，而是更难于行动？

也许，需要一种筛选优化机制，助人们适时轻装上阵，排除大量不急需、不必要、不靠谱的知识。还需要一种活化组织机制，让万千知识各就其位，各得其所，组成手脚四肢和五脏六腑，共享统一的灵魂。不能不提到，随着解构主义等后现代哲学风行，旧的独断论遍遭清算，只是一篙子打翻所有的"大叙事"，视一切概念为"能指"和"神话"，在文本符号里层层揭伪，层层打假，把造反进行到底，痛快倒是痛快，但也有虚无之危——把"遮蔽性"统统罪名化，其本身是否也构成了一种新型的独断论？人们至少可以先问上这么一句。

这事暂且从略，不妨以后再说。物理学家霍金称："21 世纪是复杂科学的世纪。"他是指理科，尤指宏观与微观的理科。如果以物为认知对象的理科尚且如此，那么文科（还有医科等）以千差万别和千变万化的人为认知对象，当然是复杂度剧增，现有数理工具面临"计算崩溃"的极限困境。这样，在一段时间内，一方面是识字率越来越高，知识产能马力全开，各领域、各层级、各门派、各分支、各种方法和风格、各种利益背景和实践细节，都无一不在盛产知识；另一方面却是再建"大叙事"确实困难重重，眼看着散化的知识一散到底，很多人已习惯于各说各话，自说自话，头痛医头（甚至只医头毛），脚痛医脚（甚至只医脚皮），知识散碎、封闭、内卷化的程度日深。

国学派同工业党谈不拢，多元派同法律党谈不拢，这还算好理解。反核圈同劳工圈谈不通，女权派与自由派谈不通，就有点费解了。更让人奇怪的是，同是动保人士，宠物派和野生濒危派可能势不两立。同是原住民维权的同道，修路派和拒路派可能不共戴天。同是在抗议超级跨国公司的资本全球化，新左派、同性恋、民族主义者、黑客、素食人士、裸体主义者倒可能自己也闹成一团，甚至打上一场。有关瑞典"环保少女"的争议不过是最新一段插曲。在笔者记忆中，有两位文学朋友曾靠三五句话一见如故，立刻撇下我等庸常之辈，另择一室亲密深谈。可没过几分钟，大概也就是七八句话的工夫，两人又破门而出各奔东西，一个大骂"骗子"，另一个断言："那家伙屁都不懂！"可见隔行如隔山，不隔行同样可能隔了万重山！

不是要百家争鸣吗？争一争也许不错。既然都有理有据，那么任何人都有权发声。但如果人们都是用高音喇叭拼命发声，都希望别人张大耳朵听好，却缺少耐心、兴趣、时间听别人发声，失去了理解和包容他者的能力，大概不是一种正常。即便把杠精们挡在门外，都端起学术架子，拿出绅士风度，开出一个个优雅的高端研讨会，然而只要小题目路线和"牛角尖"癖好继续当道，互相屏蔽者的合影与碰杯也不正常。

有必要指出，作为前述实践盲区、实践窄道、实践浮影的产物，这种碎片知识多出于白领人士，往往经验含量甚少，戴上旧式的"经验主义"帽子并不合适。也许它更像一种小教条主义，或者说，是小教条和小经验煮成的一些夹生饭。

长此以往，众声喧哗，谁也听不清谁。没有统领小真理的大真理，真理便让位于形形色色"我"的真理。换句话说，"大叙事"溃散，其意外代价是大"三观（世界观、价值观、认知观）"随之缺位或暧昧，碎化了浮躁而低效的心智，使碎片知识无法得到一种知识方法、知识伦理的黏结与组织，离可操作性已越来越远。这一情形离争夺资源的难看吃相，与恶俗的知识利益，倒可能越来越近。

作为知识失能的正常反应，民粹主义和反智主义在此时的入场便不可避免。很多人无奈之余，最容易把解决乱局难题的希望寄托于一些强人，那些根本不要知识、不讲道理、作风粗鲁而强悍的可疑救星——比如指望一两个政治枭雄来痛击疑点重重的"全球化"。"刘项原来不读书"（毛泽东引用的章碣诗句），那意味着历史再一次把知识搁置和冷藏，大棒再一次成为最有效语言，知识分子目瞪口呆暂时退局旁观。

以上就是"上要接天"的缘起。

科学史家库恩说过："在公认的危机时期，科学家常常转向哲学分析……为新传统提供基础的一条有效途径"，包括借助"直觉""意会""无意识"，以革命的方式共约新的"知识范式"，[1] 共建一个新的思维共惠平台。这差不多是说，科学家通常顾不上、或看不上的"哲学"，倒可能再次成为意外的生机和出路，即不同专业之间，靠嗅觉去嗅出一种有关知识的知识，向上升维，分中求合，以结束各自的画地为牢，结束各自专业可能的死局和不安全感。

这种哲学高瞻，需要对人类实践实现大规模的修复，需要来自实践前沿的睿智，既贯串于各自的专业自信，也体现于及时的专业自疑，永葆自疑这一求实求新者的必备能力之一，以促成新思维的蓄势待发。这种哲学高瞻也需要人格与胸怀。康德是一个兼职数学家，终身蛰居偏僻小城，过着清贫的日子，其墓碑上却刻有这样一句："有两种东西，我对它们的思考越是深沉和持久，它们在我心灵中唤起的惊奇和敬畏

---

① 见托马斯·库恩：《科学革命的结构》，金吾伦、胡新和译，北京大学出版社，2003 年版。

就会越来越历久弥新，一个是我们头顶浩瀚灿烂的星空，另一个就是我们心中崇高的道德法则。"这一墓志铭体现了一个伟大时代众多求知者的风貌，也蕴积了当年知识之所以成为力量的磅礴心志。那时候的人们并非说话句句在理，但天地和心灵是多么广阔！人们握有经验方法与数理方法两大工具，差不多就是握有理科版的"接地""接天"之道，就能把整个天下真正揣在胸中。

前人已远，后人接薪。时值全球现代化面临新的十字路口，各种知识小格局碎了又碎，我们能否重建"三观"，重建形而上，打通知识的任督二脉，找到各种知识既能相互博弈和碰撞，又能相互通约、消化、滋养、激发的成长机制？我们能否跨过前人的许多见解，但找回前人的志向，谋术有别，为学相济，做事有别，为道相通，让全人类文明成果再次汇聚成共同前行的力量？这是逼近每个求知者的又一悬问。

2021 年 1 月

（最初发表于 2021 年《文化纵横》杂志。）

心灵之门

常遇到有人问：文学有什么用？我理解这些提问者，包括一些犹犹豫豫考入文科的学子。他们的潜台词大概是：文学能赚钱吗？能助我买下房子、车子以及名牌手表？能让我成为股市大户、炒楼金主以及豪华会所里的 VIP？

我得遗憾地告诉他们：不能。

基本上不能——这意思是说除了极少数畅销书，文学自古就是微利甚至无利的事业。而那些畅销书的大部分，作为文字的快餐乃至泡沫，又与文学没有多大关系。街头书摊上红红绿绿的色情、凶杀、黑幕、财运……一次次能把读者的钱掏出来，但不会有人太把它们当回事吧。

不过，岂止文学利薄，不赚钱的事情其实还很多。下棋和钓鱼赚钱吗？听音乐和逛山水赚钱吗？情投意合的朋友谈心赚钱吗？泪流满面的亲人思念赚钱吗？少年幻想与老人怀旧赚钱吗？走进教堂时的神秘感和敬畏感赚钱吗？做完义工后的充实感和成就感赚钱吗？大喊大叫奋不顾身地热爱偶像赚钱吗？……这些事非但不赚钱，可能还费钱，费大钱。但如果没有这一切，生活是否会少了点什么？会不会有些单调和空洞？

人与动物的差别，在于人是有文化的和有精神的，在于人总是追求一种有情有义的生活。换句话说，人没有特别的了不起，其嗅觉比不上狗，视觉比不上鸟，听觉比不上蝙蝠，搏杀能力比不上虎豹，但要命的是人这种直立动物比其他动物更贪婪。一条狗肯定想不明白，为何有些人买下一套房子还想圈占十套，有了十双鞋还去囤积一千双，发情频率也远超生殖的必需。想想看，这样一种最无能又最贪婪的动物，如果失去了文明，失去了文明所承载的情与义，算不算十足的劣等物种？是不是连一条狗都有理由耻与为伍？

人以情义为立身之本，使人类社会几千年以来一直有文学的流淌。在没有版税、稿酬、奖金、电视采访、委员头衔乃至出版业的漫长岁月，不过是靠口耳相传和手书传抄，文学也一直生生不息蔚为大观，向人们传达着有关价值观的经验和想象，指示一条澄明的文明之道。这样的文学不赚钱，起码赚不出什么李嘉诚和比尔·盖茨，却让赚到钱或没赚到钱的人都活得更有意义也更有意思，因此它不是一种谋生之术，而是一种心灵之学；不是一种职业，而是一种修养。把文学与利益联系起来，不过是一种可疑的现代制度安排，更是某些现代教育商、传媒商、学术商等等乐于制造的掘金神话。文科学子们大可不必轻信。

在另一方面，只要人类还存续，只要人类还需要精神的星空和地平线，文学就肯定广有作为和大有作为——因为每个人都不会满足于动物性的吃喝拉撒，哪怕是恶棍和浑蛋也常有心中柔软的一角，忍不住会在金钱之处寻找点什么。在这个时候，在这个呼吸从容、目光清澈、神情舒展、容貌亲切的瞬间，在心灵与心灵相互靠近之际，永恒的文学就悄悄到场了。人类文学宝库中所蕴藏的感动与美妙，就会成为你眼前的新生之门。

2009 年 11 月

（最初发表于 2009 年《人民日报》。）————